未知生さん

片島麦子

双葉社

もくじ

未知生さん

第一話　きよめしこのよる

未知生《みちお》が死んで、葬式の帰り道、ぼくはどうにも釈然としない気分で街を歩いていた。クリスマスイブだった。はなやいだ街のざわめきとか近年やたらと増えた青色イルミネーションの寒々しさとか、そういうのが単純に気に入らないわけではなかった。ぼくたちは高校を卒業して、もう二十年以上会っていなかった。つまりはいいおじさんになっていて、四十過ぎの同級生の突然の死を受けとめるにはさすがにはやいとは思ったけれど、あのころよりはずっと身近に感じられたりもして、人はいつか死ぬ、死ぬ人は死ぬ、みたいなあきらめに似た納得をそれなりにできるくらいには歳をとっていた。

思ったより参列者は少なかった。

平日の午後という時間帯のせいもあったと思う。ぼくの知ってる同級生も数人いたけど男子はいなかった。薄情なのか、仕事中なのか、そこのところは定かではない。ぼくは誰とも連絡をとらなかった。どっちにしろ、みんな自分のことで忙《いそが》しい、ぼくたちはそういう年代なのだと思った。

それでもいまだにつながりのあるらしい女子たちはグループで固まってやってきて、終わるとまた固まってさっさと帰っていった。あの喪服姿でお茶でもするつもりなんだろう、そう思ったらなんとなく声をかけそびれてしまった。気のせいではなく昔よりも貫禄《かんろく》のついた彼女たちに囲まれて汗をかきつつ近況を報告しあったりするのも、どう考えてもこんな日に浮きまくっている黒い集団に投げかけられる人々のどこか責めるみたいな視線に耐えたりするのもできそうになかった。

二十年ほど前だったか、別の同級生の葬式にいったことがあった。彼はバイク事故で亡くなり、不慮《ふりょ》の事故という点では未知生と一致していた。そのときは同級生もたくさん参列し、お別れのクラクションとむせび泣く声の二重奏で蟬《せみ》の大合唱がかき消されるほどだったと記憶している。それがどうだ、この違いは。ぼくは少々大げさに憤慨《ふんがい》し、自分の中のもやもやしたものの正体を人々の無関心ということで決着させようとした。でもすぐに首をふる。二十年は長い、人の心境に変化が起こって当然だとぼく自身、さっき思ったばかりではなかったか。それくらいの時間があれば、損得勘定の仕方を覚えたり優先順位を冷静に考えたり、自分の中で無意識に天秤《てんびん》にかけてから行動できるようになる。ぼくだってそうだ。今日が原稿の締切《しめきり》明けで、ぽっかり空いた時間ができていなければ、こんな風に未知生に会いにいったかどうか自信がなかった。

電車に乗り、最寄りの駅で降りて自宅へと向かう。すっかり暗くなっていた。ぼくの家は坂の上にある。徒歩十五分。近くはないが、これでもニュータウンの宅地造成がはじまってすぐに建ったエリアの一戸建てを買って引っ越してきたのでまだマシなほうだ。

一時期ほどの猫も杓子《しゃくし》も状態からは少し落ち着いて、クリスマスの派手な電飾でぴかぴか光っている家はまばらだった。夏はバーベキュー、冬はイルミネーションというのは持ち家を手に入れた家族共通の夢なのかもしれないが、一斉にみんながこれをやる光景はどこか狂気じみたものを感じてぞっとした。でもぼくの奥さんもまだ小さかった娘もよろこんでやっていたので、あのころはなにも云《い》えなかった。水を差したくない気持ちもあったけれど、売れないライターである自分なんかがマイホームを持てたのは、わが家の収入が奥さんのほうが上だということに加えて頭金を向こうの親に出してもらった負い目があったからだった。

ニュータウンの入り口近くに古くて小さな教会がある。ここができるずっと前からあったのだろう、ふだんはまったく縁のないところだ。イブの今夜、教会からは歌声がもれ聞こえていた。

きよしこのよる　星はひかり――

歌声にのせられるように仰《あお》ぎ見る。星はほとんど見えなかった。郊外でこの程度なら、偽物の光にあふれた街中はもっと見えないだろう。星の光がちゃんと見えるのはここよりもっと辺《へん》鄙《ぴ》な田舎《いなか》ぐらいかもしれない。

そういえば未知生は会社を辞めて奥さんと子ども四人で田舎暮らしをしていたと聞いた。自給自足に近いような生活を目指していたとも。どういう経緯《いきさつ》でそうなったのか全然知らない。それが未知生らしいのかと誰かに問われても答えようがない。それほどの空白がぼくたちの間には横たわっていた。

「あの人はいい人なんです。ほんとうにいい人で……」

喪主である奥さんはそう云ってあいさつの途中声を詰まらせた。未知生は一番下の息子が事故に遭《あ》いそうになったのを庇《かば》って死んだそうだ。葬儀中、いい人、と奥さんは何度もくり返し泣いた。上の三人の子どもたちは揃《そろ》ってうつむき、助けられた当人であろう下の男の子だけがなにが起こっているのか理解できない様子できょとんと周囲を見まわしていた。

その姿にもらい泣きする人もいた。ひとり、ぼくと齢が近そうな女性が感極まったように派手に大泣きし、奥さんに抱きついた。まったくミチオさんはいい人でした、と芝居がかったよううに呼応する。それをどこか白けたように眺《なが》める男性、きりりとした表情を一度も崩さずにじっと棺桶を見おろす年上らしき女性、気になったのはそんな人たちだった。いずれもぼくの知らない人だった。

その人たちの目にぼくはどう映っただろうか。おかしな顔をしてやしなかったか。自分の中のもやもやはあのときすでにはじまっていた気がする。未知生の奥さんの言葉。いい人。ヒーロー。人格者。完璧な夫。

すくいのみ子は　まぶねの中に　ねむりたもう――

ぼくの目の前で眠っていたのは神さまでも聖人でもない、ただの同級生の未知生だった。昔よりほおのあたりが少し痩《や》せて、白髪もちらほら見受けられて、同窓会で偶然出会ったら「お互いおっさんになったよなあ」と笑って、隠せなくなった下腹のでっぱりをつつき合うような。

未知生は確かにいいヤツだった。気が弱くて、いつもみんなのうしろからついてきて、鈍《どん》くさいところもあって、でもなんか話しやすくて。全然パーフェクトなんかじゃない。仲間うちのいいヤツと世間が認めるいい人とは違うのだ。それは未知生の根っこの部分で、いくら長い間離れていたとしても変わりようがないものだとぼくは信じたかった。咄嗟《とっさ》に息子を庇って英雄になって死ぬとか似合わなさすぎる。そういうときに他の人より一歩遅れて失敗してしまったりするのが未知生なのだ。これはただの願望なのかもしれないけれど、自分の都合で葬式にいった挙句《あげく》かつての友人に思い出を押しつけているだけなのかもしれないけれど、ともかくぼくは納得がいかなかった。

なんていうかな、こう……。

もどかしい気持ちで自分の心の中をさらう。言葉を扱う仕事をしているくせに、こういうときちょうどいい表現が見つからないといらいらする。しばらく星のない寒空の下を腕組みしながら歩いた。いくつか候補が浮かんでは消えていく。そうじゃないんだよな、と小さく呟《つぶや》き、また歩く。そんなことをしていたからか、ふわっと身体が浮いた瞬間、ぼくはまだ腕組みしたままだった。

「うわっ」

ほどく間もなく右ひじを地面に打ちつけ転倒した。思わずうめき声が出る。まさか折れたりしてないよな、とおそるおそるさすりながら上体を起こした。痛みはあるが幸い折れてはいないようだ。お尻をつけた姿勢でぼくはうしろをふり返った。なににつまずいて転んだのか確かめようと目をこらして、情けなくなってため息を吐《つ》いた。アスファルトの地面はまっ平らで凍っている形跡もない。なにもないところでつまずいた自分が猛烈に恥ずかしくなって、誰かに見られなかったかと慌《あわ》てて視線を巡らした。

まったく、慣れない革靴なんて履くもんじゃない。ぼくは自分の反射神経の衰《おとろ》えをひとまず靴のせいにして棚上げしようと決めた。こういうダサさは昔の自分にはなかったものだ。仲間うちではたいてい先頭を走っていたし、軽やかにいろいろなものを飛び越えられた。遅れて息を切らしてくるのは未知生のほうだった。不思議と、待ってよ、という声は聞いたことがない。いつも黙って一生けんめい追いかけてくる。途中でこけても必ず。だから安心していた。あのときだって……。

もう一度ぼくはふり返った。ほんの一瞬だけど、アスファルトに吸い込まれる未知生のまぼろしを見たような気がした。怪我の功名というやつだろうか、ぼくは彼にどうしてほしかったかという答えを自分の中に発見した。

ぼくは未知生にうっかり死んでほしかったのだ。

バックライトに照らしだされた表札に「ＩＣＨＩＫＩ」という文字が浮かびあがる。かわいらしいツリーのイラストも。奥さんは近隣の家々と同じように家族全員の名前を記そうと提案した。一木《いちき》澄人《すみと》、みゆき、真由《まゆ》。澄人はぼくの名前でみゆきが奥さん、真由は中学二年の娘だ。ぼくはシンプルに名字だけにしようとその意見に反対した。もっともらしく、防犯上の理由から家族構成を外部の人間にわざわざ知らせるような真似は避けるべきだと主張した。以前防犯に関する記事の取材で聞いたことがあったから嘘《うそ》ではない。みゆきはその話を聞くとすんなり納得してくれた。でもほんとうは、並んだ家族の一番上に自分の名前がくるのが単純に嫌だった。

家父長制なんて今どきナンセンスだ、あっさりそう説明してもよかったと思うけれど、ぼくは自分が家族に対して責任を放棄していると捉《とら》えられそうで云えなかった。みゆきはたまに古風というか、信心深いというか、旧態依然《きゅうたいいぜん》とした考えかたをすることがある。おじいちゃん子だったというからその影響もあるのかもしれない。ふだんはそんなこと全然ないし、男は外で仕事をして女は家を守るみたいな固定観念があるわけでもないから、ただの杞憂《きゆう》に過ぎないということもわかっている。要するに気にしているのはぼくのほうで、家も家族も丸ごとひっくるめて背負う自信がないという本心を見透かされたくないだけだった。

玄関のチャイムを押す前に、ぼくはドアから距離をとった。離れた位置から押そうとすると打った右ひじが痛むので、左手で支えながら押す。

「ただいま」

「おかえり」

待ちかまえていたように、みゆきがぼくに向かって盛大に塩をまく。華麗にとはいかないまでも、なんとか寸前でそれをよけた。

「どうしてよけるのよ」

不満そうに口を尖《とが》らせる。みゆきは小さな壺《つぼ》に入った塩を胸に抱えていた。

「お清《きよ》めにならないじゃないの」

「清めるなよ。今夜はいいだろ、ぼくの友だちの葬式だったんだから」

うまくかわしたつもりだったけれど、喪服の両肩あたりに白い塩の粒が散っていた。叩きながら玄関に入ろうとすると「だめ、だめ」と押し戻される。

「ちゃんと邪気《じゃき》を払ってから家に入ってよね。なにも死者が穢《けが》れているっていうんじゃないの、死をもたらした悪い気を家に持ち込まないためなんだから」

「それは知ってるけどさ」

毎度のことなのでみゆきの云いたいことはわかっていた。でも今日はそういう儀式をしたい気分ではなかった。未知生とぼくの間になにか一線を引くような行為をすることで、せっかく近づいたあいつと今はまだ遠ざかりたくはなかったのだ。

もう一度相撲《すもう》とりみたいに景気よく塩をぶちまけようとするみゆきから逃れようと背を向けかけたぼくを見て、「あ」と大きな声があがる。

「どうしたの、それ」

非難がましい声音に何事かとふり向くと、みゆきが喪服の右ひじのあたりを指さしていた。転倒したときに汚してしまったらしかった。

「さっきそこでこけたんだよ」

「やだ、大丈夫？」

「まあ、咄嗟に受け身をとったから……」

どうしてつまらない嘘を吐《つ》いてしまうのか、ぼくは。

「ちょっと、すぐあがって。はやく上着を脱いでよ」

「うん」

慌てた様子のみゆきは雑な手つきで壺を下駄箱の上に置く。これでお清めの塩の件はうやむやになりそうだとぼくはほっとした。あがり框《かまち》に座って痛みを我慢しながらゆっくり革靴のひもを解きはじめると、待ちきれないように背後から上着を剝《は》ぎとられた。

「うわー、やっぱりいっちゃってるわ、これ。完全に破れたんじゃないみたいだけど。こういうの、お直しに出したらいいのかしら。買いかえると喪服は高いしなー」

「……」

上着に向かってひとりごとを云いながら、みゆきは部屋にもどっていく。首をふりつつリビングに入ると、真由がソファでテレビを見ていた。

「あ、お父さん、おかえり。どうしたの？」

「さっきそこで追いはぎに遭った」

はあ？　という感じで顔をしかめるが、それ以上の反応は示さない。そういう冷めた態度は中学生というよりはすでに大人の女性のように見える。

「ま、いいからさ。はやく着替えてきてよ。ごはん食べよ。そのあとクリスマスケーキもあるし。遅い時間に食べると太るから」

「太ってないだろう、別に」

むしろ痩せすぎているのではないかと心配なくらいだ。ぼくたちの時代の女子はもうちょっと健康的な身体つきをしていたように思う。

「そういうの、セクハラって云うんだよ、知ってた？」

ああ云えばこう云う、むずかしい年ごろになったものだ。黙って肩をすくめて着替えにいこうとするぼくを真由が追いかけてきた。白シャツの袖《そで》をひっぱりながら心配そうに云う。

「血が出てる。なんで？」

「ちょっと、まあ、事故だよ」

娘の前でも恰好《かっこう》つけてしまう自分に嫌気が差す。かといってなにもない場所でひとりで転んだとは云いたくなかった。

「けんかでもしたの？」

「なんでぼくがけんかするんだよ」

「だって友だちのお葬式だったんでしょ」

「それはそうだけど……」

友人の葬式でけんかになるとはどういう状況なのかまったく想像もできなかったけれど、真由が大まじめな顔で問うので逆に訊き返せなくなった。仕方なく白状する。

「帰りに転んだんだよ。ほら、そこの角のところで」

「なあんだ」

そう云って摑《つか》んでいた手をぱっと放して離れていくので、とうとう奥さんだけでなく娘にも見捨てられたかと嘆きたい気持ちになった。まあ父親の扱いなんて大概そんなものだろう。自分で自分をなぐさめていると、救急箱を手に真由がもどってきた。

「ソファに座って。袖まくってよ」

「なに？　手当てしてくれるのか」

「お父さん、自分じゃできないでしょ。怪我してるの利き手なんだから」

「あ、ああ」

戸惑いつつソファに腰かける。真由は真剣な表情でカット綿に消毒液を浸《ひた》したものを右ひじのすりむいた傷にちょんちょんとあてててくれた。沁《し》みるのと照れくさいのとで大げさに「あたたたた」と声をあげると、「そういうのいいから」と軽くいなされた。

「友だちのお葬式、どうだった？」

「どうって……。そうだな、あまり実感わかなかったかな。ずいぶん長いこと会ってなかったから」

「ふうん。かなしくないんだ」

「……」

直球を投げられ、答えに窮《きゅう》する。かなしくないわけではない、と思う。急すぎて気持ちが追いつかないというのも違う。一番近いのは納得できないということだろうか。でもそれも未知生が死んだ事実を受け入れられない意味ではなかった。死ぬ人は死ぬ、自分だっていつかは死ぬ。わかってる。要はそのときのシチュエーションなのだ。他人の死にかたにあれこれ注文をつけるなんて、ぼくは自分がそんな不遜《ふそん》な人間だと思いたくはないけれど、しいて云えばそういうことなのだと思った。

他者に対する関心や感情はどんどん希薄《きはく》になっていってるくせに、自分の中の割りきれなさというか気持ちの置きどころの座りの悪さに耐える力は失われていってるような気がする。なんでも自分の範疇《はんちゅう》におさまらないと気がすまない、これが歳をとるということなのか。このまま頑固《がんこ》で自己愛にまみれたじいさんになっていく自分が容易に想像できてしまう。

暗い顔をして黙りこんだぼくを真由は困惑した顔で見ていた。それはそうだろう。友だちの死をかなしめない父親なんて見ていて気持ちのいいものではない。嘘でも云うべきだったと思ったがもう遅い。娘に幻滅されるのは慣れていてもつらいものだ。ぼくは内心焦《あせ》って、ともかくなにか別の話をしようと思って、で、なぜか結局口をついて出たのはやっぱり未知生の話だった。ぼくがよく知っていたころのあいつの話。

「未知生……あいつさ、学生のころ死にかけたことがあるんだよ。それもうっかり。莫迦《ばか》な話でさ」

「………」

ああ失敗した。ぼくはそのときの未知生を思いだしてうっすら笑みを浮かべてさえいた。真由は不謹慎だと怒りだすに違いない。死んだ友だちを笑うなんて、お父さんって最低。いや、もしかしたらしばらく口をきいてくれないかも。

「そんな話……聞きたくないよな?」

なかったことにしてしまおうとぼくはおずおず訊ねた。真由はまた大人の女性のように今度は眉をひそめて云った。

「なんで?　聞きたいけど」

あれは忘れもしない、高校の卒業式の日だった。

一部の公立大学を除いてほとんどの学生が受験を終えていて、あとはもうなにをしようか、だらだらくっちゃべって帰るのもなんだかな、という雰囲気だった。他県の大学に決まっている者もいて、名残惜しいけどわざわざ大仰《おおぎょう》な思い出づくりを最後にするのもかっこ悪かった。あのころはただ仲間と一緒にいるだけでよかったし、その時間の中でどれだけくだらないことをして笑いあえるかがもっとも重要だったのだ。

教室から学校近くのマックに場所を移し、ポテトのLを頼めるだけ頼んでひとつのトレイに山盛りにしてみんなで囲んだ。意味なんてない。あちこちから手が伸びてポテトの山はみるみる崩れていく。そんな風にむしゃむしゃむしゃやりながら誰かが発言した。

「なあ、肝試《きもだめ》しビルって覚えてるか」

「なつかしいな、おい」

「なんだよ、それ」

「小学生のときにいかなかったか？」

「ああ、覚えてる。でも肝試しじゃなくて度胸試しだろ？　幽霊探しにいくんじゃないんだから」

「まあ、幽霊が出てもおかしくないくらい、ぼろいビルだったけどな」

「四組の山内《やまうち》が見たことあるって」

「マジで？　出るのか？」

「出ないよ。山内あいつ、てきとうだからな。合同体育の時間でもいつもふざけて怒られてるじゃん。な、未知生」

ふられた未知生はきょとんとした顔で、「それ誰だっけ?」と返す。

「まったく。隣のクラスのヤツの名前ぐらい覚えとけよ。おまえ、美術の授業も一緒だったろ」

「そっか、ごめん」

「まあ、幽霊よりもある意味こわかったよな、スリルがあって」

「おれの小学校じゃ忍者ビルって云ってたわ」

ひと通りみんなの反応が出尽くした結果、呼び名は小学校によってさまざまだけど知らない者はいないということがわかった。ぼくが正確に覚えているのは、云いだしっぺが自分でもなければ未知生でもなかったということくらいだった。

「いってみようか」

誰からともなく云いだし、それを合図にみんな立ちあがった。トレイの上のポテトはきれいになくなっていた。マックを出る前、手を洗おうかどうしようかと迷ったのを覚えている。先頭集団に遅れるのがぼくは嫌だった。ちょっと悩んだ末、油と塩でべたついた指先をさりげなく制服の上着の裾《すそ》で拭《ぬぐ》った。なに食わぬ顔でみんなとしゃべりながら、母さんに汚したことを怒られるかもしれないと一瞬頭をよぎった。だけど考えてみれば、今日でこの制服を着ることはもうないのだった。それに気づいてはっとした。はっとして思わずふり返ったときに、例のごとく未知生がみんなより遅れてついてきている姿が目に入った。その光景だけはなぜかあざやかに記憶に刻まれている。

肝試しビルは小学生のころひそかに流行《はや》った危険な遊び場だった。ビルとビルの間が極端に狭まっているところがあって、その西側の屋上にこっそりいき、ビルからビルへと飛びうつるのだ。東側のビルはそれこそ幽霊ビルで閉鎖されていたため入ることはできなかったが、西側は古いながらもいくつかテナントが入っていた。だから大人に見つからないようにエレベーターを使えば、小学生が侵入することが可能だったのだ。

西から東へ、東から西へ、ひらりひらり。気分はまさにヒーローだった。しかも落ちれば地面にまっさかさまというかけ値なしの恐怖つき。小学生が全力で飛び越えられる程度の幅しかなかったといっても怖気《おじけ》づく子たちも多かった。できる子たちは当然みんなから一目置かれてクラスの人気者になった。

あとになって思い返してみれば、親や先生たちによく気づかれなかったものだと感心する。今なら大問題になるだろう。運よくばれなかったのは時代がおおらかだったとかそういうことではなく、単に流行った期間が短かったからだ。これも誰が云いだしたか出どころは定かではないものの、当時まことしやかに流れた噂《うわさ》のせいだった。それはジャンプの着地の衝撃で背が縮むという噂だ。そんなわけないだろ、と突っ込みたくなるような説だったが、伸びざかりの小学生たちには効果てきめんだった。背が高くなれるかどうかは今後のスクールカーストにも影響を及ぼしかねない……とまで深刻に考えたかどうかはともかく、身長が縮むという刷りこみは子どもたちにじゅうぶんすぎるほどのショックを与えた。それですぐにみんなやらなくなったのだ。

「まだあるのかな」

「あるだろ、たぶん」

てきとうな希望的観測を口にしながら歩く。別にないならないでよかった。高校卒業の日に仲間うちでこんな莫迦なことをしたという事実こそが大切だった。これからばらばらになって生きていくぼくたちは直感的にそれを悟っていた。だから現地に到着し、西側ビルの古ぼけてかすれた案内板に昔見た覚えのある会社名があったことにも、東側ビルが倒壊や解体をまぬがれ残っていたことにも素直に感動した。

小学生のときは余裕だったせま苦しいエレベーターが定員五名だったことに気づき、未知生が乗るのを躊躇《ちゅうちょ》した。そこにいたのは六名だった。ぼくはさっと箱から出て彼の背中を押す。

「お、やっさしー」

中のひとりがからかうように云うのを「誰が」と笑い飛ばし、未知生の背中を押しながら強引に自分も乗り込んだ。

「いけ、いけ、いけー」

背後で扉が閉まるまで内心ひやひやしていた。これは一種の賭けだった。あのころは毎日なにかを賭けていたような気がする。それに一喜一憂したことも。自分がなにを賭けていたのか、今ではその大半を思いだせないというのに。

その日はぼくの勝ちだった。警告のブザーは鳴らず、旧式のエレベーターはガタガタと微妙な音をさせながら上昇していった。箱の中はぎゅうぎゅうで男くさいにおいとカビくさいにおいとが入り混じって息苦しかった。屋上についたぼくたちはわれ先にと飛びだした。その辺に学生カバンと卒業証書の入った筒を放りだし、走る。遮《さえぎ》るもののない屋上の空はただただまぶしかった。

ビルの端っこまできて、思わず顔を見あわせ苦笑いする。

「嘘だろ」

「こんなに近かったか？」

「なんだ、思った以上だな。それだけおれらがでかくなったってか」

ビルとビルとの間隔は、ぱっと見ひとまたぎで越えられるほどしかなかった。これだったら助走も必要ないかもしれない。小学生のころはものすごく遠く見えた。踏みきりのタイミングを間違えば、世界のすき間にすべり落ちて二度ともどってこられないと本気で思っていた。

それがたったこれだけ？

拍子抜《ひょうしぬ》けもいいところだが、みんなたいして落胆はしなかった。ひょいっとひとりが軽くジャンプし隣のビルに移ると、あとに続くように次々飛ぶ。お調子者がわざと大きくさがって助走をつけて飛んだ。着地と同時にひざを抱えるように体育座りして、痛がる演技をする。

「いたた。うわ、背が縮んだ」

「ばーか」

「ほら、帰るぞ」

頭を小突かれたり背中を軽く叩かれたりしてじゃれあいながらそいつは立ちあがり、再びみんながもとの西側にもどろうとした。

そこではじめて気づいたのだ。

「あれ、未知生は？」

「え」

西を向いても東を向いても未知生の姿はなかった。そもそもだだっ広い屋上に隠れる場所なんてないのだ。ぼくたちは啞然《あぜん》と周囲を見渡し、忽然《こつぜん》と消えた仲間の姿を捜した。なにが起こったのかよく頭がまわらない。エレベーターに未知生を押し込んだのは自分だ。だから乗り損ねたことは絶対になかった。

「……まさか」

そう呟いたのが自分だったか他の誰かだったかよく覚えていない。その声にはじかれたようにぼくたちはビルのすき間に駆け寄った。ひざをつき、コンクリートの縁《へり》をぎゅっと握りながら黒々とした空中のクレバスをのぞき込んだ。頭の中は、これまで生きてきたなかでもっとも最悪で絶望的な光景を目にするであろう恐怖でいっぱいだった。

未知生はいた。

サスペンスドラマでよくある絶妙な角度に手足を折り曲げた転落死のポーズではなく、なんというか網《あみ》に捕われた魚や鳥みたいな恰好でもがいていた。屋上から数メートル下の位置に転落防止用の防護ネットが張られていた。それにひっかかったのだ。

「おまえ、なにしてるんだよ！」

ほっとするよりも先に怒りがやってきて、ぼくは怒鳴った。でもその声はうわずっていた。安堵《あんど》のあまり座り込む者もいた。うっすらと涙を浮かべているヤツも。次の瞬間、未知生から返ってきた言葉はその場にいた全員を腰砕けにした。

「ごめん。足、つっちゃって」

そのあとはけっこうな騒ぎになった。数メートルの落下とはいえ左足を負傷した未知生は自力では這《は》いあがれず、自分たちだけで助けるのは危険だと判断したぼくたちは西側ビルで働く大人たちに助けを求めた。救急車を呼んだはずなのに最終的には消防車も警察もきて、周囲は一時騒然となった。救急車と消防車が場合によっては同時に要請される場合があるとぼくはそのとき知らなかったし、警察がきた理由もいまいちよくわかっていなかった。

未知生が助けだされ救急搬送されてから、ぼくたちは順に警察官に呼ばれて根掘り葉掘り事情を訊かれた。そのものものしい雰囲気から、ぼくたち仲間が未知生をいじめて突き落としたのではないかと疑われているらしいと気づいた。まったく失礼な話だ。憤慨するぼくに警察官は「最後に」と前置きしたうえで、未知生の自殺の可能性について質問した。ぼくは鼻先でせせら笑った。あいつのことをなにもわかっていない、見当違いも甚《はなは》だしい大人たちにはうんざりだった。

本人に訊いてもあの場に居あわせた誰に訊いても結果は同じだった。飛ぼうとした瞬間に足がつってうっかり落ちてしまったなんてあまりに莫迦莫迦しい理由でも、さすがに信じざるを得なかったようだ。すぐにぼくたちは無罪放免となり帰された。未知生は病院で治療を受けていた。左足はなんだかんだで折れていたそうだ。

見舞いで何度か病院を訪れた。左足をギプスで固定された姿の未知生は痛々しくはあったけど、元気そうで安心した。みんなでベッドをぐるりととり囲んであの日の騒動をおもしろおかしく話すたび、変なことに巻き込んじゃってごめん、とあいつはすまなさそうに背中を丸めた。だけどぼくたちは心からたのしんでいた。仲間で共有するこの時間が残り少ないことをひしひしと感じていたし、最後にあんな想定外の大きなイベントが隠し玉みたいに用意されていたことに、むしろ感謝したい気持ちだった。

一生忘れられないプレゼントを胸に抱いてぼくたちは大学生になった。でも未知生はならなかった。本命の公立大学の入試を入院中だったせいで受けられなかったからだ。自分の試験がまだなのにもかかわらず、未知生は卒業式のあと、ぼくたちと行動をともにしていたのだ。あいつらしい選択だった。桜の花が咲くころに仲間たちはそれぞれがそれぞれの場所へと散っていった。未知生は残った。地元で一浪し、みんなと周回遅れでようやくとまっていた時計の針を進めたようだ。

これは仲間にも誰にも云っていないことだけど、あの未知生の落下事故からしばらくして、ぼくは悪夢にうなされるようになった。直後はそんなことなかったのだが、夢の内容はこうだ。あの日の屋上でぼくはなぜか先頭グループではなく未知生のうしろにいた。みんなが軽々と越えていくビルのすき間を未知生はためらってジャンプできない。ぼくはじれったくなって、「いけいけいけー」と叫びながらあいつの背中を押すのだ。目の前からふっと未知生の姿が消え、そこで目を覚ます。両の手のひらにはその感触が生々しいくらいに残っている。ぼくは嫌な汗をかきながら、ベッドの中で冷静になるよう自分に云い聞かせた。そうじゃない。ぼくの身体が覚えているのはエレベーターにあいつを押し込んだときの感触で、突き落としたわけじゃない。現に今、あいつはピンピンとまではいかないまでも生きて病院にいて、折れた足だって順調に回復している最中なのだ。あいつもぼくも大丈夫、だから安心して起きたらいいんだ。

大学生になり、忙しくもはなやいだあたらしい生活がはじまると、いつの間にかそんな夢も見なくなった。

正月でごろごろするのに飽きたのか、真由がぼくの卒業アルバムを見たいと云いだした。これまで一度も云われたことがなかったから驚いた。

「家にあったかなあ」

記憶があやふやなのと気恥ずかしさも手伝って首をかしげていると、夕飯の食器を洗っていたみゆきが耳ざとく聞きつけ、「あるわよ、二階のお父さんの書斎」と首を伸ばして大きな声で教える。

「そうだっけ？」

「左のクローゼットの上の段にね」

余計なことを、と思わないでもなかったが、正直自分でもどこにしまったか覚えていなかったので奥さんの記憶力に舌を巻く。

「勝手に探してもいい？」

「ああ、どうぞ」

軽やかに階段をのぼっていく真由のうしろ姿を目で追い、あの部屋に他になにかまずいものを置いてなかったかと考える。書斎とは名ばかりの雑然とした仕事部屋だ。資料や本の類《たぐい》はもちろん、独身時代の私物なんかは引っ越してきたときのまま段ボールの中に突っ込んである。年ごろの娘に見られて大丈夫なものばかりか自信がなかった。そっと立ちあがるぼくの背後でみゆきが忍び笑いをもらすのがわかった。こちらはなんでもお見通しってわけだ。

部屋にいくと母親に云われたとおり、真由はクローゼットの上段を椅子にあがって物色していた。そこ以外手を触れた様子はない。今の仕事で見られて困るほどのものはないはずだった。

ライターの仕事はさまざまだけど、ぼくの場合、重要な事件を追ってスクープを狙うような記事もなければエロ系やきわどい系の記事を書くこともない。自分の得意分野である書評や本の紹介をする記事の依頼はきわめてまれで、それ以外は生活のためにやむなく受ける署名すらない仕事ばかりだ。つまりぼくでなくても誰でもよかった記事、たとえば『評判のいいラーメン店』とか『おうちでキャンプ特集』とか『DIY、これがあると超便利』とか。どこかで見たことがあるようなタイトルは、需要があるだけに一般大衆の受けは悪くないのだ。そういう記事は実際にその場にいかなくても、情報さえ集めてしまえばどうにか体裁を整えられるくらいの技術はあるつもりだった。書きたいものを書いて無限に仕事がもらえるほどライター業は甘くない。それを中学生の真由にわかってほしいとは思わないけれど、こんなふんわりとしたタイトルの記事しか書かせてもらえない自分が娘の目にどう映っているのか、こわくて訊いたことがなかった。

真由越しに乱雑に詰め込まれた段ボールの箱がいくつか見える。

「どう、あった?」

「ううん、よく見えないよ。お父さん、下におろしてくれる?」

「ああ、わかった」

手前の段ボールから順に床におろす。真由は椅子からおりて箱を開け、次々に中身を出していく。それを見ているとと自分でもけっこう謎《なぞ》のものが多くて驚いた。高校時代のスケッチブックとか大学時代の授業のレポートとか。どうせこんなもの二度と見ることはないし、今の生活に役に立つものでもない。

「あった」

「お」

教科書やノートの類と一緒に卒業アルバムは入っていた。実家に置きっぱなしかと思っていたけど、みゆきの説は正しかったことになる。外で働いている奥さんとおもに自宅で仕事をする自分とでは断然こっちのほうが有利なはずなのに、家の中を把握する能力は圧倒的にあちらのほうが長《た》けているのがなんとなく敗北感だった。

「未知生さん、どれ？」

なんだ、目的は未知生だったのか。

「三組。ぼくと同じクラスだよ。羽野《はの》未知生っていうんだ」

「ん……あ、あった」

左上の写真からゆっくりと指先をすべらせてたどっていた真由が未知生を探しあてた。ぼくはちょっと傷ついていた。その前に載《の》っていた自分の写真の上を素どおりされたからだった。

「ふうん、こんな感じの人なんだ」

なにが「ふうん」なのかわからないが、真由は納得したように何度か頷《うなず》いた。ひさしぶりに見るあいつの顔。遺影の写真よりよっぽど身近だった。そういえば写真撮影の前の晩に自分で前髪切ったら失敗したと云っていたっけ。ジグザグと不揃いな前髪でまじめな顔をした未知生を見つめる。あれから二十年以上経っているなんて嘘みたいだった。

「お父さんも、若いね」

とってつけたみたいに云って、アルバムをぱたんと閉じる。

「それだけ？」

「なにが？」

「や、もういいのかなって……」

期待したわけでもないのだけど、もう少しなにか云ってほしかった。ぼくのほうには興味ないらしい。未知生のこともあらたなエピソードをねだってくるかと思ったが、ほんとうに写真を見ただけで満足した様子だった。娘の心がわからないのか、近ごろの若者の心がわかりにくいのか。自分だってこの写真の時代にはそんな風に見られていたのかもしれないけれど。

「片づけよっと」

立ちあがりかけた真由が奥にあった別の段ボールに目をとめ、なにかに気づいた。

「あれ、なに？」

「え」

封をしていない箱に近づき、真由が中をのぞき込む。何気なく手にとったのが原稿用紙の束だと認識した途端、ぼくは背中に冷や汗をどっとかいた。あれは間違いなく見られたらまずいものだった。その存在をぼくは今の今まで失念していた。自分でもそのことに驚いていた。

「なんでもない、なんでもないよ」

焦って手をふりすぐにとり返そうとする。その姿を怪しむように目を細めたと思ったら、真由はさっと軽やかな身のこなしで段ボールの向こうに跳んだ。

「こら、ぼくのだろ。勝手に見るな」

「いいじゃん、別に」

「よくない、返せよ」

ぼくがふだん見せないような切羽詰《せっぱ》まった表情だったからか、真由は見ていいものかと迷っている様子だった。そのすきに奪い返そうとすると、別の方向から声がした。知らないうちにみゆきが開いたドアの横に立っている。

「そんな云いかたしなくても見せてあげたらいいじゃない。真由、それ、お父さんが書いた小説よ」

「小説？」

「大昔のだよ」

あっさりみゆきにばらされて、ぼくは不機嫌そうに答えた。怒っているというよりは自分の黒歴史を娘に知られてしまって動揺していた。

「読むほどの価値もない。さ、もういいだろ。ここはぼくが片づけるからふたりとも下にいってくれよ」

強引にふたりを追いだし、ドアを閉めた。真由の手から奪った原稿用紙の束がひどく重たく感じられた。


小説を書いていたのは、はるか昔のことだった。本気だったのは大学生くらいまでだ。なぜだか手書きにこだわって原稿用紙に万年筆のスタイルで通していた。

結婚してしばらくはライター業と並行して細々と書き続けていた。でもそのころには情熱はとうに冷めていて、ただだらだらとパソコンに向かって意味のない文字を打ち込んでいただけだった。やめどきがわからなくなったとも云えるし、やっぱりどこかで一発逆転を狙っていたのかもしれない。自分の本意ではないつまらない記事を書かされると、その反動でぼくは白い画面にぽろぽろと自分の言葉をこぼしていった。パン屑《くず》をその辺にばらまく、食べかたのなっていない子どもみたいに。

みゆきが妊娠してからは生活の安定のためにライター業に専念した。自然の流れだった。真由が生まれてからは育児も重なり家事の分担も増えた。いつしか小説のことは考えなくなっていた。なにかを守るためになにかを捨てる、みたいなかっこいい決意はそこにはない。自分の中の時間配分が変わっただけだ、そう思っていた。

　書き殴られた文字を目でなぞり、なにが云いたいのかさっぱりわからないへっぽこな文章だよなあ、と呆れる。こんなので世に出たいと願っていたとは。まとまらない言葉の羅列《られつ》、表記も文法も滅茶苦茶で今すぐ赤字で直しを入れてやりたい。職業病だとわかっているが仕方ない。むずむずするのはそのせいだと思いながら我慢して読み進める。どうしようもなく青くさい、熱量だけのイタイ物語。これを青春だったとひとことでくくってしまえばいいのだろうか……。

——そうじゃないんだよな。

　ふいに記憶の底から声が浮かんでくる。

——澄人はいつも、そうじゃないって思ってる。

　これは未知生の声だ。ぼくがかつて未知生に云われた言葉だった。

　いつのことだったろう。屋上からの転落事故よりももっと前、特別なことはなにも起こらなかったある日の公園。わざわざふたりでいたんじゃなくて、仲間たちがコンビニに買いだしにいっていたとか、そういうふいの待ち時間。

　ぼくはベンチに座っていて、未知生はなぜかぐるぐるまわっていた。ぐるぐる……ああ、そうだった。球体の回転する遊具、それに掴まって目の前をゆっくりとまわっていたのだ。わりと寒い時期だった。公園で遊ぶ子どもたちも少なかった。それで高校生の未知生が遊具を独占していても誰も文句を云わなかったし、ぼくたちに近寄ってもこなかった。静かだった。

「誰にも云うなよ」

ぼくは念押しした。いつか小説家になりたいと、ついぽろっと口走ってしまったのだ。ぼくはその秘密を誰にもうちあけたことがなかった。家族や仲間に云えば、そんな夢みたいなことを、と笑われるのは目に見えていた。誰にも云うつもりなんてなかった。けど気づいたら未知生に告白してしまっていた。きっかけはわからない。夢を訊ねられたわけでも、将来について真剣に話しあっていたわけでもない。ただ手持ち無沙汰にみんなを待っていただけだった。

そんなときたまたまふたりきりになったのが未知生だった。公園が妙にしんとうらさびしくて、漠然とした未来への不安に襲われて、口に出すことでなにかを確認したい気持ちが芽生えたのかもしれなかった。

「まあ、なれたらいいなってくらいで。そう本気にするなよな」

軽い調子でつけ加えた。それでも足りない気がしてお茶を濁《にご》そうとさらに云い足す。

「ちょっと思いついただけなんだ。夢みたいな夢の話、ウケるだろ？」

未知生なら「そうだね」と云って笑ってくれるだろうと思っていた。それ以上余計なことは詮索《せんさく》しない、ぼくの本気度を試すような真似もしないでいてくれるだろうと。同じ笑いでも未知生の場合はみんなとは意味合いが違うのをぼくは知っていた。

だけど未知生はゆっくり回転してこちらに近づくと、予想とは反対のことを云った。

「そうじゃないんだよな」

それからまた遠ざかり、もどってくる。

「澄人はいつも、そうじゃないって思ってる」

もう一度、ぐるっとまわってきて、背中をそらしながら間延びした声で。

「きっとそれを書くんだろーなー」

なんというやわらかな断定。ぼくは否定も肯定もできずにぽかんと回転し続ける未知生を眺めていた……。

どうして忘れていたんだろう。

予言のような羨望《せんぼう》のような響きがぐるぐると頭の中でまわっている。原稿用紙の束に目を落とし、問いかける。ぼくはそれを書いたんだろうか？

未知生には見透かされていた。澄人はいつも、そうじゃないって思っている。胸にぐさりと突き刺さった。あのころはなにを云われたのかいまいちぴんときていなかったけど、今ならわかる。あの言葉のまま、ぼくはこれまで生きてきたのだ。仕事とか家族とかいろんなことのその裏で「ほんとうはそうじゃないんだ」と云い続けてきた。誰に聞かせるわけでもなく、自分に云い訳するために。そうすれば自分の価値を、ちっぽけなプライドを守ることができたのだ。

そしてまた、「そうじゃないんだと思ってる、そうじゃないほうの自分」をわかってくれる人間がこの世界にたったひとりでもいることが、たとえ忘れていたとしても、どこかで心の拠《よ》りどころになっていたのだと気づかされた。

ぼくは未知生に甘やかされていたのだ。

葬式にいったこと、たまたま時間が空いたからとか死にかたが気に入らないとか、ずらずらと自分勝手な理屈を並べたけれど、それこそ違う、そうじゃなかった。未知生だからいったのだ。ぼくはいつのころからか、自分にもうまく嘘を吐くみっともない大人になってしまっていた。

「あいつ、もう、いないんだな」

成仏させてやらないといけないと思った。


雪がちらつくなか、庭にバーベキューコンロを出して火を点《つ》けていると、家からみゆきがすごい形相《ぎょうそう》で飛びだしてきた。

「ちょっと、なにしてるの？　こんな時季にバーベキューなんて」

「バーベキューじゃないよ」

「見ればわかる。けど、こんなにぼうぼう燃やしてたらご近所さんに変に思われるわよ。それに……」

固形燃料の代わりに燃えているものをちらりと見て小声で、「どうして燃やす必要があるの」とわずかに肩を落とした。真由に聞こえないように云っているのだと思った。だけどぼくが返事をする前に庭を小走りでやってくる姿が見えた。

「わたし、お父さんが読んでほしくないなら無理に読まないから」

泣きそうな顔で真由が訴えてきた。隣のみゆきの表情も硬い。部屋から追いだしたあとに自分がとった行動が誤解を生み、少なからずふたりを傷つけている。ぼくは慌てた。

「いや、そうじゃない、違うんだよ」

心の中でまた自分は「そうじゃない」と云ってるな、と突っ込む。けどこれはちゃんと声に出している。だからセーフだ。

「なんていうか、つまり……成仏させてるんだ」

「成仏!?」

ふたりの声が揃った。

「そうしたい気分なんだ」

「ふうん」

真由がわかったようなわからないような顔をして燃えさかる原稿用紙を見つめる。みゆきが思案顔をしたのち、わずかに瞳を輝かせて云った。

「もしかして、ぼくはあたらしい小説を書こうとしてるの？」

「え」

「いいじゃん、それ」と真由。

「ぼくがやりたいんなら、わたしは応援するわよ」

「わたしも。やっちゃえば、ぼく」

なぜか意味ありげににやにやしながら顔を見合わせ、「ぼく」を連発する母と娘。いったいなんなんだと鼻白む。

「ぼく、ぼくって、なんだよ。もしかして莫迦にしてる？」

「そんなことないわよ」

「ねえ」

降参だというように軽く両手をあげると、真由が世話が焼けるなという感じにちょっと笑ってから教えてくれた。

「お父さん、自分で気づいてないんでしょう」

「なにが？」

「未知生さんのお葬式にいった日から、お父さん、わたしに話すときも自分のことずっと、ぼく、って云ってるの」

「あ」

そうだったのか。

すっかり忘れていたけれど、ぼくはいつも真由に向かっては「お父さんが」としゃべっていた。みゆきとふたりきりで話すときは「ぼく」と云うこともある。でも家族みんなの前では常に「お父さん」だった。指摘されると急に恥ずかしくなってきた。

「で、書くの？　書かないの？」

みゆきがぼくに小説を書くことを期待しているらしいと知って意外だった。夢を追わなくなったぼくをどんな風に思っていたのだろう、考えたこともなかった。ちゃんと答えなくてはいけない。一語一語区切るように云った。

「書かないよ。小説は、書かない」

「……」

「なあんだ」

気が抜けたように大きな声をあげたのは真由だった。うーん、とひとつ伸びをすると、バーベキューコンロの中をのぞき込み、指さした。

「お父さん、火、消さないでね」

「え」

「焼きマシュマロつくるから。絶対消さないでよ」

「ああ、わかった」

気圧《けお》されたように頷くと、真由は家の中にさっさと入っていく。ぼくは原稿用紙の残りを火にくべ、それだけだとすぐに消えてしまうので倉庫に固形燃料をとりにいった。もどってくるとみゆきが椅子を三つ並べていた。

上着を着込み、真由が用意したマシュマロの串を手に火を囲む。

「よくこんなの知ってたな」

こんなの、とはマシュマロを火であぶって焼くことだった。冬の定番ではあるが、わが家はバーベキューを夏しかしないのでやったことがなかった。

「お父さんが記事で書いてたやつでしょ。前に辞書を借りに書斎に入ったとき、机の上にペンで直してる途中みたいな紙が置いてあったから」

校正用にプリントアウトしたものを云っているのだろう。

「読んだのか」

「まあね。それで一回やってみたかったんだ」

「そっか」

みゆきが飲みものをとってくると云って立ちあがる。娘とふたりきりで残されるとどうも照れくさい。あんなネットからの寄せ集めのてきとうな記事を読まれていたとは。マシュマロがいい具合に焼けてきたので口に運ぶ。ぼくを真似て真由も顔を近づけた。

「やけどするなよ」

「わかってるって」

ふうふうと一生けんめい息を吹きかける姿はやはり子どもだ。口に含んだ途端、真由は顔を輝かせた。

「おいしいっ」

ぼくもひとくちかじる。とろりと甘いなんともいえない食感だ。確かに人気があるのも頷けた。

「お父さん、すごいね」

尊敬のまなざしで見つめられ、苦笑する。まさか実際に食べたのははじめてだとはとても云いだせる雰囲気ではなかった。もどってきたみゆきはお盆にマグカップを三つ載せていた。中身はココアだった。

「ココアなんて何年ぶりだ？」

「大げさねえ。真由、焼きマシュマロを入れてみたら」

「うん」

おだやかな炎を囲み、家族三人でゆっくりと焼きマシュマロ入りココアを啜《すす》る。寒い外だからこそ格別な味がした。真由も「わあ、太っちゃう」と云いながらもおいしそうに飲んでいる。

「この甘さは悪魔的だな」

「いいじゃない、たまには」

「今夜は、まあいいか」

未知生がいなくなっても、こうやって必要なときには甘えさせてくれる家族がいることが心強かった。でもだからこそ、明日からぼくは自分の中の「そうじゃないもの」を見つめ直したいと思う。それが違和感なのか焦燥《しょうそう》なのか衝動なのか、今はまだよくわからない。他人の求めに応じたり誰かの情報に頼ったりするのではなく、自分の内側から生まれる感情に素直に反応する文章、そういうものをあいつはぼくに求めていたんじゃないだろうか。それは別に小説でなくてもいいはずだった。つくりものでない、ほんとうにそこにあるものをぼくは知りたいし、書きたかった。

葬った過去の自分と明日から生まれ変わる自分。今夜はぼくのイブだった。きよしこのよる、じゃなくて、きよめしこのよる。清めるのはぼく自身。手はじめに、そうだな。

「滝にでも打たれにいこうかな」

呟くと、炎に鼻を赤くしたトナカイみたいなふたりがぼくを見て、はあ？　とそっくりな顔でしかめ面をした。

第二話　じゃらじゃら

男なんてアクセサリーみたいなものだとママは云った。持っていて損はない。ほんものでも、イミテーションでも、そこそこ清潔で見栄《みば》えが悪くなければそれでオッケー。それぐらいが自分を輝かせてくれるのにちょうどいいの。

そういう意味で、ミチオくんと大学時代につきあったのは間違ってなかったと思う。控えめで、なんでも云うことを聞いてくれる、わたしがわがままを通してもいつもにこにこ笑っていた。かわいい彼女が隣にいてくれるんだから、あたり前っちゃあたり前の話。顔のつくりも地味だけど、よく見ればまあまあいい線いっていた。わたしはママみたいに面食《めんく》いじゃなかったから点数は甘めだったけどね。

もちろん、貴重な大学生活をミチオくんとだけつきあっていたわけじゃない。その他大勢のうちのひとり。アクセサリーはひとつじゃつまらない。指輪を買えばネックレス、ネックレスの次はピアス、と自然と増やしたくなる。それに指輪にだって石の種類はいろいろあるのだ。ミチオくんはなんの石だろう。名前もわからない、磨《みが》けば光るかもしれないくらいの天然石、その程度の価値だった。

そんなミチオくんのことをなぜ記憶の底から必死にひっぱり出しているかというと、それはつまり、彼が死んだと知らせを受けたからだった。どこがどうつながってわたしにまで連絡がきたか知らないけれど、きてしまったものは仕方ない。気のりしないまま、わたしはママに云った。

「ミチオくんさ、死んじゃったんだって」

わかるわけがないと思っていた。もう二十年近く前のことだし、ママに紹介したあまたの彼氏のうちのひとりなのだから。つきあった期間もそんなに長くはなかった。完全スルーか、よくて「そんな子いたかしら」ぐらいの反応が返ってくるだろうとわたしは考えていた。

「まあ大変」

ママは大きく口を開け、驚いてみせた。あごのあたりに開いた手をあてる。女優のような仕草。この間マニキュアを塗ってあげたばかりなのに、もう剝げかかっていた。ママは昔から不器用で、よくわたしに塗ってとせがんだ。

「ミチオくんて、ちいちゃんの彼氏だったミチオくんでしょ？」

「そうよ、ママ、よく覚えてたわね」

ちいちゃんとはわたしのことだ。千奈《ちな》、だから、ちいちゃん。子どものころからそう呼ばれている。この年齢でちいちゃんもないだろうと思うけれど、わたしもママのことをママと呼んでいるのだから同じようなものか。

「忘れないわよ。かわいい子だったから」

「そお？」

「年下はみんなかわいいの。ミチオくんは純情でいい子」

「………」

　これだから。わたしはそっぽを向いて小さくため息を吐いた。ママは面食いだけど守備範囲はわりと広かった。そのことを忘れていた。忘れようとしていた。わたしはママとのたたかいの日々を思い返し、ぐっとのどが絞めつけられるように感じた。息苦しいと思うと動悸《どうき》がして手のひらが汗ばんだ。大丈夫。これはいつものことだった。プレ更年期の症状の一種だと婦人科の先生も云っている。あとでもらった薬を飲めば落ち着くはずだ。頭の中で順番に不安要素をうち消していく。梱包《こんぽう》用の気泡緩衝材《きほうかんしょうざい》をひとつずつ潰していくイメージで。ぷちん、ぷちん。それだけでずいぶん楽になった。

「お葬式、いかなくちゃ、かなあ」

　ママにというよりは、自分自身に問いかける感じで呟いてみた。近ごろひとりごとが多くなった。でも心の中で思うより、声にしたほうが自分がなにを欲しているのか答えを導きやすいと気づいてからは我慢しないことにしている。お葬式にいくかどうか、答えに耳を傾けようとした途端、ママがわたしの思考を遮った。

「そりゃあなた、いかなくちゃ」

いきなり真顔で云うので戸惑った。ママがそんなに義理堅い人間だとは思っていなかったからだ。自分が主役の催しならいざ知らず、娘の、それもちょっと昔つきあったことがある程度の男のお葬式にいくべきだと断言するのは違和感があった。ミチオくんだからか、ミチオくんだからそんな風に主張するんだろうか。

「ママ、もしかしてミチオくんとも……」

云いかけて、口をつぐむ。そんなことを今さら訊いてわたしはどうしたいんだろう。無駄だとわかっているのに。

「女は喪服が一番うつくしいって云うじゃない。着ない手はないわよ」

「それだけ？」

「ええ」

わたしは肩の力を抜き、ママに云った。

「でも一番はやっぱり結婚式のときでしょ。ウェディングドレスを着てきれいじゃない女なんていないもん」

「まあねえ。あれは何回着てもいいものねえ」

それからわたしの顔をまじまじと見ると、心の底から不思議そうに云った。

「なのにどうしてちいちゃんは一度も着てくれないのかしら」

ああ墓穴を掘った、と思いながら、わたしはママから視線をそらすと聞こえないようにチッと小さく舌打ちした。

わたしにあんなことを云うだけあって、ママはこれまで三度ウェディングドレスを着たことがある。一回目は写真でしか見たことがない、わたしが生まれる前の話。ううん、正確にはママのおなかの中にいたのだから、わたしも一緒に写っていたと云えないこともない。少し目立ちはじめたおなかを隠すようにたっぷりとドレープをとったデザインのドレスだった。それがまるでほんものの聖母のようにうつくしかった。

二回目はわたしが高校一年生のとき。最低の男だった。ママにとってはどうだったのかわからないけれど、わたしにとってはそう。スポーツジムを経営してて頭が筋肉でできてて小金だけは持っている自尊心の強い男。白すぎる歯も気持ち悪かった。さわやかな印象を演出すればするほど胡散《うさん》くささが際だつようなそんな感じ。でもママはそうは思っていなかったみたい。男らしくて頼りになる人だと云っていたから。

結婚式に学校の制服で出席したわたしの耳もとでママはささやいた。

「ちいちゃん、ママより目立っちゃ嫌だからね」

はいはい、とわたしは頷いた。子どものころからいつも云われ続けた言葉だった。ママは自分の晴れの舞台だけじゃない、わたしの入学式や卒業式でもそう云った。どんな状況でも自分が主役じゃないと気がすまない人だった。悪びれず、無邪気な笑顔のまま云うのだ。

そんな心配をしなくても、こんなプリーツのとれかけた制服スカート姿のみすぼらしい少女に誰が注目するものか。それよりも自分の隣で笑っている異様な歯の白さのこの男を牽制《けんせい》すればよかったのだ。結婚式のあと、できあがった写真を見てわたしはそう思った。ママのウェディングドレスよりも目立つ白い歯を黒の油性ペンでおはぐろみたいに塗り潰して、ようやくわたしは溜飲《りゆういん》をさげた。

あの男と暮らすようになってから、わたしは自分の居場所を奪われた気になった。あたらしい家には前よりも広い自分用の部屋が用意されていたけれど、そこではうまく眠れなかった。眠れないと食欲もなくなり、わたしはだんだん痩せていった。始終青白い顔をして痩せ細っていくわたしを見て、ママは「ちいちゃん、最近きれいになったわねえ」と云った。ちょっとくやしそうだった。

大学受験を終えて、わたしは家を出た。念願のひとり暮らし。ママに反対されるかと心配していたけれど、あっさりお許しが出たので拍子抜けしたほどだ。ママはでも気づいていたのかもしれない。いつのころからかわたしに向けられるあの男の視線が微妙に変化していたことに。だからわたしをひき離そうとした。たぶん、娘のためではなく自分のために。

「パパ」

家を出る日の朝、わたしはあの男にそう呼びかけた。はじめてのことだった。すると不自然なくらいうろたえながら男は返事した。

「な、なんだい、千奈」

おいおい呼び捨てかよ、内心毒づいたのを笑顔の裏に無理やり押し込んでわたしは続けた。

「ママのこと、お願いね」

「ああ、まかせなさい」

精いっぱい父親の威厳を保とうとする姿は滑稽《こっけい》だった。そばで父娘の会話を聞いていたママは複雑な表情で黙っていた。にわかに親密さが増したように見えるふたりの関係性をどう解釈したらいいのかわからないみたいだった。

親もとを離れたわたしはママに云われたことを実践することにした。男はアクセサリー。そう云ったころのママはもっときれいだった。あんなくだらない男ひとりに自分をあずけて輝きを失いかけた女はわたしの知ってるママじゃない。自由でわがままなママにわたしは近づきたかった。

メイクを覚え、ファッションを勉強し、男の子たちにとって魅力的な女の子になろうと研究を重ねた。ママとは素材が違うことは自覚していた。だから努力を惜しまなかった。そしてその努力の片鱗《へんりん》も見せず、なんの苦労もしていないような顔をして、男の子たちの前で自由奔放にふるまう瞬間は快感だった。

かわいくなったわたしに許された特権を思う存分行使する一方で、ママに内緒であの男をちょくちょく呼びだした。パパお願い、とわたしが甘えた声でねだるとうれしそうにどこへでもついてきた。ちょろいもんだ。高価な買いものにぜいたくな食事、ただの財布代わりだった。

最初の待ちあわせのとき、男はわたしを見てまぶしそうに目を細めた。

「千奈はママに似てきたな、きれいになった」

「メイクしてるからでしょ」

「化粧映えする顔なんだね、気づかなかったよ」

にやにやする男に向かって、そこは否定しろよこの野郎、と思った。しないってことはママとわたしとでは土台が違うと認めているのも同じだった。生まれたときからさんざん思い知らされてきたことをこんなやつに指摘されたくはなかった。でも我慢した。おしゃれには資金が必要だったし、わたしはこの男を手なずけようとしていた。それはママへの復讐でもあり、またママのためでもあった。

回を重ねるごとに、わたしは要求をエスカレートさせた。高級エステ代、自動車教習所の授業料、英会話の個人レッスン料、いく予定もない海外留学の費用まで。さすがに途中からきつくなってきたのか、しぶる様子を見せてきた。そんなときはしおらしく謝ったり、逆にじらすような態度をとったりした。男と食事中に別の男の子にわざと呼びださせてあっさり置いて帰ってしまう日もあった。わたしからパパと呼ばれる自分がなんのパパなのか、あの男はわからなくなって次第に疲弊《ひへい》していった。あわよくば、なんて下心が働いているから自分を見失うのだ。わたしの知ったこっちゃない。

ある日、ついに耐えかねてこう云ってきた。

「千奈、パパをふりまわすのもいい加減にしないか。留学の予定なんてほんとうはないんだろう。嘘はいけないな。これはママに報告しないと」

「わたしを脅してるの？」

「違うよ、なに云ってるんだ。無駄遣いは千奈のためにならないってパパは心配してるんだ」

「笑える」

くすりと笑いをもらすと目を吊りあげて、「千奈」と咎《とが》めるように呼んだ。

「どのツラさげて云ってるのよ」

「な……」

「ママにチクりたいならチクったらいいわ。そしたらわたしもママに云う。一緒に住んでたとき、あんたがどんな目でわたしを見てたか。どうして部屋のクローゼットがわたしがいない間に開いてたのか。そういうこと全部、知らないとでも思った？」

「千奈、誤解だよ。きみはなにか勘違いしている」

「間違ってるのはわたしなの？　それでいいわけ？　じゃあママに判断してもらおうじゃない。こっちは証拠だってあるんだから。バスルームの前の廊下の映像。あんた、いつだったかわたしがお風呂に入っているときに開けようとしたよね？　鍵がかかってて未遂に終わったけど。

ついうっかりですますつもりだった？　莫迦だよね、ほんと。用心されてるって気づかないかな、ふつう。あれ、こっそり撮ってたの、いわゆる切り札ってやつで」

一気にまくしたてると、まっ赤だった顔がみるみる青ざめていく。もの云いたげな口もとから白い歯が覗いている。青白赤、トリコロールカラーだ。フランス国旗、愛国心の旗。わたしは必ず勝利する。ひれ伏すのはこの男のほう。録画しているなんて口から出まかせであっても。

「これでわかった？　あんたはあの家にいるかぎり、わたしの云うことを聞くしかないの。ママにばらされたくらいじゃ、まだごまかせるとか考えてないでしょうね。だったらそうね、あんたのジムに送りつけてやる。それでおしまい。いい考えでしょ」

「……」

「あんたはあの家を出ていくか、このさきもわたしの云いなりになるか、選択肢はふたつにひとつ。どっちを選ぶにしろママには絶対ばれないようにして……てかもうだめじゃん。わたしの顔もまっすぐ見れないの、そんなんじゃすぐばれちゃうから。自信がないなら今すぐ黙って出ていくことね。そうしたらわたしの顔を二度と見なくてもよくなるわ」

云い終えたところでタイミングよく迎えにくるよう頼んでいた彼氏が現れた。わたしはあの男に一瞥《いちべつ》もくれず、彼のもとへ走った。腕をからめ、これ見よがしにいちゃつきながらその場を離れた。男がどんな表情をしているのか確かめたい気持ちに駆られたけれど、用ずみのうち捨てられた旗をふり返ったところでおもしろくもなんともない、と考え直した。

そのとき呼びつけた彼氏がミチオくんだったかどうかは覚えていない。

鏡の前に立つと、四十手前のくたびれた中年女が映っていた。化粧気のない顔、ほつれた髪が肌に貼りついている。若いころにはくびれていたウエストはバウムクーヘンのように何重にも巻きついた脂肪のせいで見る影もない。両肩と二の腕だけは脂肪ではなく筋肉で盛りあがっている。毎日ママを抱きかかえるため自然についたものだ。

やわらかい脂肪と硬い筋肉のかたまりの中から昔の自分を彫りだそうとするけどうまくいかない。あきらめてクローゼットを開けてみる。クリーニングのビニール袋がかけられたままの何年も着ていない喪服。おそるおそる胸にあててみる。いけるだろうか、これで。部屋着を脱ぎ、下着姿になった鏡の自分から目をそらして喪服のワンピースからまず試してみる。ああ、やっぱりだ。ファスナーが途中からあがらない。無理にあげようとすると肩甲骨《けんこうこつ》のあたりがつりそうになった。こんなことで痛めてどうする、わたし。やらなければいけないことが山ほどあるというのに。

仕方がない、買いかえるか。

そう思ったら、なんだろう、ふっと身体が軽くなったような気がした。なにが起こったのか一瞬わからなかった。鏡の中にはあいかわらずやつれた顔の自分しかいない。それも肩まであがりきらない中途半端な位置のまま、おかしな体勢でワンピースをどうにか身にまとっているなんとも情けない恰好なのだ。

訪問ヘルパーさんの自費サービスでママの世話をお願いし、明日急いで買いにいくことにした。お葬式はあさってだからぎりぎり間にあう計算だ。そんな風に時間に追われるようにして出かけないといけないのに、わたしはお葬式にいくのをやめようとは思わなかった。ミチオくんに会いたいからという殊勝《しゆしよう》な理由ではないことは自分が一番よくわかっている。わたしは買いものがしたかった。自分のためになにかを買うこと自体ひさしぶりだったし、そのただ服を買うためだけに時間をやりくりして予定を組んでいく過程がうれしかったのだ。

翌日、わたしはヘルパーさんがくるのを待ちながら出かける用意をした。持っている衣服からいくぶんマシな外出着を選び、何ヶ月も美容院にいっていない髪はママのおしゃれな帽子でごまかした。準備をしている間にも、ママはわたしを呼びつけてのどが渇《かわ》いたと水を持ってこさせたり、テレビが見たいとリモコンで延々番組を選ばせたりした。わたしが出かけることを警戒して、あれこれ用事を云いつけているのだと思った。

「心配いらないわよ、ママ。ヘルパーさん、もう少ししたらくるから」

「あなた、どっかいくのね」

非難がましい視線。

「いくけど、ただの買いものよ。すぐに帰ってくるわ」

「わたしをひとりにするつもりなの？　ひどい人」

「もうくるから。ほら、サイトウさん。前にもきてくれたでしょう？　やさしくていい人だったって、ママ云ってたじゃない」

「そんなの、知らない」

ぷいっと横を向き、口を尖らせたまま「ちいちゃんはどこ？」とつっけんどんに訊ねてくる。

「まだ学校よ」

「がっこう……」

ママの目が泳いでいる。途切れた記憶のどことどこがつながるか、わたしにも予測はできない。ママの中でわたしは今、何歳なんだろう。ママは今、なにを考えているんだろう。目の前で自分のことを「ママ」と呼びかける中年女をいったい誰だと思って会話しているのか。訊くと混乱するのでそのことには触れない。いつもそばにいる人という認識だけはかろうじて保てているとは思うけれど。

「あの子、お弁当を持っていったかしら？」

「大丈夫、朝ちゃんと持ってたわ」

「そう。ならいいんだけど……」

それきりふっつりと黙り込み、窓の外を眺めている。点けっぱなしのテレビをどうしようかと思ったけれど、サイトウさんがくるまでそのままにしておくことにした。音はないよりはあったほうが気がまぎれる。空中を飛び交う言葉に意味を持たせなければ、それはただのＢＧＭ

と変わらない。

時間ちょうどにやってきたサイトウさんにママを託し、外に出ると太陽がいつもよりまぶしく感じられた。スーパーの買いだしや病院の送り迎え、車でいくことも多いけれど、まったく陽の光を浴びない生活ではない。でもひとりの時間はめったになかった。まぶしいと感じる心の余裕も。誰かの家の庭先の花々がやけにうつくしく、一瞬鼻の奥がつんとなった気がして自分でも驚いた。

ママがああなってからここ数年、わたしはまともに泣いたことがなかった。そりゃはじめのうちは地団駄《じだんだ》踏むくらい泣きわめきたいことはいくらでもあった。その時期が過ぎ、ママとの生活のサイクルにだんだん慣れてくると、障害物みたいに立ちはだかる問題をひとつひとつ片づけつつも、心を波立たせずに日々を過ごす方法を自然と身につけた。そうでないとママもわたしももたなかった。ママは病気で、わたしはもう若くはなかった。あの男を追いだしてからまたふたりで暮らしはじめたころのようにたたかう気力は残っていなかった。

大学二年の終わりに男は出ていった。家とそれなりの額の慰謝料がわたしたちには残された。わたしが社会人になるまでの学費と養育費は別に援助してもらった。それがあの男にわたしが出した条件だった。

再びわたしはママと暮らしはじめた。直後は気落ちしていたママも忘れていた自由を思いだしたかのごとく輝きをとり戻した。今のわたしよりずっと年上だったのにママはうつくしかった。ひとりの男に束縛されていた生活の反動のようにあたらしいボーイフレンドを何人もつくっては遊び歩き、わたしも負けじと彼氏を次々家に招いてママに紹介した。夜ふたりでお酒を飲みながら、それぞれの相手の品評会をよくやったものだ。誰が見栄えがいいとか性格がいいとか使い勝手がいいとか、そんなくだらない話題をだらだらと。

ママとわたしは母娘というより気のあう女友だちだった。それは世間的な感覚とはずれていたのかもしれないけれど、刺激的で調子っぱずれな浮ついた生活をふたりとも愛していた。わたしはやっと自分がママと対等になれたことがうれしかった。そしてまた女友だちは同時にライバルでもあり、常に裏切りと背中合わせでもあった。

どちらが先にちょっかいを出したのかはわからない。気まぐれにわたしたちはたたかった。水面下で。あの男のようにママの相手をその気にさせたり、ママもわたしの相手を誘惑したりした。簡単になびく者もいればそうでない者もいた。わたしに忠告してくれる人もいたし、わたしたち母娘を気味悪がって離れていく人もいた。

実際わたしたちはおかしかったのだと思う。なにがどの程度まで行われたか、たぶんママもわたしも正確には把握していなかった。今でいうにおわせみたいなことをしていただけで、ほんとうはなにもなかったかも。お互いに相手の持っているアクセサリーがうらやましくて妬《ねた》ましくて、自分の価値を測るために利用していただけだった。ただの退屈しのぎよ、と優雅な貴族みたいな云い訳を自分の中にこしらえつつもわたしは真剣だった。ママはどうだったかわからないけれど、勝ったときは気分が昂揚《こうよう》し、負けたときは心の底からくやしかった。

デパートのフォーマル服売り場で喪服を見て歩く。黒一色の売り場なのにわたしの心ははずんでいた。たかが喪服といえど種類はさまざまだった。生地の質感や豊富なデザイン、鏡の前で次々にあててみる。いつの間にか店員がそばにきて、「試着されますか」とにこやかに訊ねた。

「あ、はい」

「サイズはそちらで？」

「たぶん……や、でも、急に太っちゃったからどうだろう」

なにが「急に」なものかと変な見栄をはる自分に呆れてしまう。結局ワンサイズ大きいものと念のためツーサイズ大きいものも持ってきてくれ、それを着た。いくつか試着した結果、デザインによりけりだがほとんどはワンサイズアップで入ることがわかり、わたしはほっとした。昔の自分を美化しすぎていたのかもしれない、体形が滅茶苦茶変わったというわけではないのだと安心すると、案外工夫すればいけるかもと欲が出てきた。

「もうちょっとおなかまわりを目立たせなくする方法はないかしら？」

「そうですね、それでしたらこちらなんていかがでしょう？　ワンピースですので着ていて苦しくありませんし、胸もとからたっぷりドレープをとったデザインがとてもエレガントですよ」

店員が差しだした一枚はぱっと見ゆったりしすぎていて太って見えるんじゃないかと思った。

布もたくさん使ってあるから余計だぶついてしまいそうだ。不服そうに見返すわたしの視線を自信に満ちた店員の視線が押し返す。その目力に負けてしぶしぶ試着室にもどった。

　着てみて驚いた。店員の云うとおり着ていて楽なうえ、波打つようなドレープによって体形が完全にカバーされている。逆に痩せすぎていてはこうは着こなせないかもしれない。ある程度の肉感が必要なデザインだった。身体のラインを拾わないぶん、上品でありながら煽情的《せんじょうてき》にも見えるのだ。

　わたしは内心の興奮を押し隠してその喪服を買った。すると自分がいい女になった気がした。昔の痩せぎすで若さだけで突っ走った尖りまくりのうつくしさではない、ほんものを手に入れたような心持ちだった。買いものは喪服だけのつもりが、気づくと靴売り場で黒いパンプスをいくつも試して買ったのち、最終的には化粧品売り場をうろうろしていた。あたらしいメイクの仕方なんてもうわからないけれど、自分の肌にあう色を考えながら下地から仕あげまでをじっくり吟味《ぎんみ》しながら買った。あっという間に時間が経ち、帰るのがけっこう遅くなってしまった。

　大小四つの紙袋を両手にたずさえ帰路につく。紙袋同士のこすれる音がやけにうるさく、両腕も重くてだるいけど平気だった。音はともかく腕はママの体重を支えて毎日鍛えられているのだからたいしたことではない。それにこれらはすべてわたしのものなのだ。そう思えばなんてことなかった。行きに眺めた庭先の花々も薄暮《はくぼ》に沈み、どこにあるのかわからなくなっていた。わたしは目をこらすことなくその横を素通りした。花なんてもはやどうでもいい、はやく家に帰って買ってきたものをひと揃えで試着してみたかった。

試着室の鏡の中の自分の姿を思いだし、うっとりする。あれはほんとにすてきだった。そしてどこかなつかしい気がした。どうしてだろうと思い返し、わたしはママがパパと結婚したときに着ていたウェディングドレスのデザインと似ていることに気がついた。もちろん、あの男のことではなく一番目の夫、わたしの父親との結婚式に着ていたやつだ。ママは白で、わたしは黒。一度もウェディングドレスを着ることなくこの歳まできてしまった自分にとっては皮肉な巡りあわせかもしれないけれど、悪い気分ではなかった。バレエでも白鳥のオデットよりも黒鳥のオディールのほうが妖艶《ようえん》でうつくしく、より観客の目を惹《ひ》きつけるじゃないの。

まあ、ママは白鳥でも、ちっとも清楚《せいそ》な王女ではなかったけどね。

わたしは苦笑する。ママとふたりきりの蜜月《みつげつ》生活が終わりを迎えたのは、わたしの王子さまをママが誘惑したからだった。これまでの取りかえ可能なアクセサリーへのちょっかい程度ではすまされない、彼はわたしの唯一無二のエンゲージリングだった。そう、ママはわたしの婚約者にあろうことか色目を使ったのだ。彼からその話を聞かされたときは血の気が引いた。いくらなんでも婚約の報告をかねてママに紹介した彼にするはずはないと信じていたのだ。

ひょっとしてママはあの男にわたしがしたことを知っていて、その仕返しのつもりなのかと疑った。わたしは生まれてはじめて「信じられない、この女!」とママに向かって叫んだ。それから摑《つか》みあいのけんかになった。ママがあのときどう云い訳したのか、すっかり頭に血がのぼっていたわたしはまるで覚えていない。

その夜、わたしは家を出た。ほどなくして婚約者と別れ、それから何年もママとは会わなかった。

ママが三回目のウェディングドレスを着たのは今から五年前のことだった。


洗顔後、これでもかというくらい化粧水を叩きこみ、乳液、クリーム、美容液とひたすら保湿する。下地をムラなく塗ったあと、ごまかせないシミやくまをコンシーラーでひとつずつ丹念に塗り潰した。ここまでを怠るといくら化粧をしてもくすんだ感じになってしまうのだ。

ミチオくんのお葬式の朝だった。

わたしは早起きしてママの食事を介助し、家のそうじや洗濯ものなど、ひと通りの仕事をすませた。お葬式は午後からだったけれど、やるべきことをやらないと落ち着かなかった。昼前にはヘルパーさんがきてくれるからママの昼食の心配はいらない。車椅子でうつらうつらするママを確かめてから気合いを入れて準備をはじめた。

特にメイクには気を遣わなくちゃいけなかった。ふだんさぼっているそのツケがまわってい るのは自覚しつつも、丁寧に肌のコンディションを整えていく。女優ライトを点けた鏡の中のわたしの耳もとで言葉がぶんぶん飛びまわっている。何年経ってもＢＧＭにならなかった腹立たしい言葉。意味だけが独立して一匹の虫のようになってしまった言葉。云った本人がどんなだったか、姿や声もおぼろげにしか思いだせないにもかかわらず、この言葉の虫だけがしぶとく生き残っている。いつもは気配を消してふわふわと浮遊し漂うくらいなのに、今日はやけにうるさかった。

——千奈ちゃんはさ、化粧しているほうがかわいいね。

口調はやさしげで率直な感想だとしても、云っていることはあの男と一緒だった。なんて他意のない、だからこそ失礼な言葉だろうか。そしてそれが真実であることをわたし自身が誰よりもよく知っていた。長年胸に刺さっていた杭《くい》をあの男がさらに打ち、その上からまたミチオくんが打って、いよいよ抜けなくしてしまったのだ。

その言葉を聞いたのは、ミチオくんの部屋にはじめて泊まった日の翌朝だった。シーツに包《くる》まり寝返りを打った瞬間、ちょうど起きたらしいミチオくんと目が合った。ミチオくんは、お、と声にならないけどそんな感じで頭をわずかに引き、そしてほほえみを浮かべながら云ったのだ。

わたしは目をぱちくりさせた。昨夜恥ずかしがりながら素顔をさらした彼女に起き抜けにかける言葉とは到底思えない。なんなんだ、こいつ。猛烈に怒りがこみあげてきたわたしはミチオくんをベッドから蹴り落とした。なにが腹立つって、ふだんからミチオくんはわたしをよく見失った。デートのとき、方向音痴のミチオくんはしょっちゅう道に迷ったけど、それとは訳が違う。毎日通うキャンパス内で愛しい彼女がすぐ目の前に立っているというのに見失うのだ。いくら似たようなメイクとファッションに身を固めた若い女たちがごろごろいるからといってそれはないだろう。なかなか見つけてくれない彼にいらだって、「ミチオくん、こっち」と声をかけると、やっぱりさっきみたいに、お、と少し驚いた顔をしてから急いでやってきて照れたように云うのだ。

――女の子って集団でいると、みんな同じに見えて困っちゃうな。

なにが、困っちゃうな、だ。メイクをしていても他の女と見分けがつかないくせに、それがなに？　化粧しているほうがいいって素顔がそんなにまずいってこと？　もしそうだとしてもそこは素顔もきれいだね、とか、ナチュラルでいいね、とか、歯が浮くような嘘っぱちの台詞《せりふ》でもなんとか絞りだすのが、一緒に朝を迎えた彼女に対する礼儀ってもんでしょうよ。

「あれ？」

カーペットに転がったミチオくんは下着姿で首をひねって云った。ほめたつもりなんだけどな、と小声で呟く。その鈍感さにますます腹が立って、わたしは足もとに丸まっていたミチオくんの服を投げつけた。

「出てってよ」

「でもここぼくの部屋……」

「いいからっ」

云われて素直に出ていくところも憎らしい。思いだした。わたしはミチオくんのそういうところが嫌いだったのだ。ピュアで裏表がなくて、だから悪気なんて全然なくて、自分とは真逆の天然記念物みたいな男。天然石だと思って拾ったら天然記念物だった。笑える。笑えないか。磨けば光るかも、なんて考えたわたしが莫迦だった。もうすでにミチオくんはじゅうぶん珍しかった。その混じりけのない輝きにこっちが目を背けたくなるほどに。わたしのアクセサリーに彼は必要なかった。アクセサリーに見劣りする屈辱などこっちから願いさげだ。

別れよう。

約一時間後、ミチオくんはおそるおそるもどってきた。ドアの内側で靴を脱ぐかどうか迷っている。わたしがまだ怒っているか心配なのだろうと思い、「入ったら?」と声をかけてもまだぐずぐずしている。はやく決着をつけて帰ってしまいたかったわたしは再びいらいらしはじめた。

「ちょっと話があるの」

「あ、うん」

「だからはやく入ってよ」

「あ、いや……」

なにをためらっているのか、よく見ると胸のあたりになにかを抱えている。きっとコンビニでもいって時間を潰してきたんだろう。ついでにわたしの機嫌をとるためにスイーツでも買ってきてくれたのか。この期に及んでまだ自分のためかもと浅はかな期待をふくらませるわたしをあっさり裏切って、ミチオくんは大事そうに胸に抱えていたものをそっと床におろした。

「え、なんで？」

ミャア、とか細い声で鳴く、それは灰色の小汚い子猫だった。

「拾ってきたんだ」

「だから、なんで今？」

「なんでって……捨てられてたから」

「そうね、そうだろうね」

わたしはうんうんと頷いた。

「じゃあ、別れよっか」

「え」

「ま、そういうことだから」

立ちあがり、スニーカーを脱ぎかけたミチオくんがぽかんと見あげるのを無視して壁沿いを横歩きする。そうしないと小さな灰色のかたまりを踏んでしまいそうな気がしたからだった。せまい玄関でクロスしながら無理やりサンダルをつっかけドアを押し開けた。ひとりぶんのすき間に身体をすべり込ませると子猫が逃げださないようにすぐに閉める。われながら無様な退場シーンだった。

ドアを背にひと息吐くとわたしは歩きだした。

ほんとうはもう少しスマートに別れたかった。ちゃんと話す気だってあったのだ。でもなんか、もうどうでもいい気分になっていた。あの場面で弱々しく鳴く子猫をはさみ、ふたりでなにを話せばよかったというんだろう。わたしはミチオくんを拾って捨て、ミチオくんは誰かが捨てた子猫を拾ってきた、それだけのことだった。ミチオくんはわたしにとってどうでもいい男だった。いらないから捨てられたのはミチオくんが全部悪いのだ。なのにどうしてだかわたしは自分が捨てられたように感じていた。あの子猫はこれからしあわせに生きるのだろう。着飾る必要も虚勢をはる必要もない、あの子猫のことをミチオくんは愛するだろう。それだけは間違いないように思えた。

眉のバランスを何度も鏡で確かめながら慎重に描く。ブラシでぼかす手をとめ、そういえばあの猫はまだ生きているだろうかと考える。動物を飼ったことがないから猫の寿命にくわしくはないけれど、もう二十年近く経つんだし、おそらく生きてはいないだろう。あの小さかった子猫が大きくなって、老いて死ぬ。猫の一生分を超えてわたしたちは会っていなかったんだと思うと変な具合に胸が苦しくなった。

メイクを中断して薬を飲む。ぷちんぷちん。大丈夫、今さらなにがどうなるものでもない。過去は過去、現在は現在だ。ぷちんぷちん。落ち着いて、しっかりしてよ。昔のあれこれなど思いだしたりするからこうなるのだ。

たぶん二度と会う予定もなかった、忘れていたどうでもいい男。心配事をひとつずつうち消していく。それにそう、あっちの世界であの猫と暮らせるのなら、ミチオくんも少しはさみしくないでしょ。

メイクを終えてあの喪服に着がえると、自画自賛ながら見違えるようだった。ママの云ったとおり喪服は女をうつくしく見せる。知らず知らずのうちに背すじまでしゃんと伸びているから不思議だ。まだいける。わたしはひさしぶりに自信をとり戻した。

駅からタクシーで葬儀場に着くと、足を揃えて降りるよう気をつけた。ふだんはママの世話で動きやすい服装に慣れていたから乗るときに無意識に大きく片足を踏みだしてしまい、ワンピースの裾がぴんと伸びきりひやりとした。破れなかったかと車内でさりげなく確認し、無事だったことにほっとした。ワンピースだけではない、ヒールのパンプスも黒い薄手のストッキングも乱暴な動きをすると危険だった。そういう繊細なものを扱うのがだめな女にすっかりなってしまっていた。

棺《ひつぎ》の中のミチオくんは眠っているみたいだった。見覚えのある顔のようにも、全然知らない顔のようにも見えた。キャンパス内で彼がよくわたしを見失ったように、こんな特別な箱の中に入れられていなければ、自分も街中の雑踏でミチオくんを見つける自信はなかった。

わたしはミチオくんによく見えるように顔を近づけた。

わたし、誰だかわかる？　ちゃんとがんばってメイクしてきたんだから少しはほめてよね。

お葬式の最初から最後まで、ミチオくんの奥さんという人が彼のことを「いい人」と何度もくり返した。ほんとうにいい人で、と云っては泣き、いい人すぎて、と云ってはまた泣いた。ミチオくんはいい人だったたっけ、とわたしはわからなくなった。お経みたいにあまりにも復唱するので、わたしも心の中で「いい人いい人いい人どうでもいい人」と節《ふし》をつけて唱えてみた。

しばらくそうやって気をまぎらわせていたけれど、途中でやっぱりつまらなくなってきた。なによりせっかく気合いを入れて決めてきたこの恰好を披露する場がなさすぎた。立ちあがって前に出るのはお焼香のときくらいで、それだって他の参列者はうつむいている人が大半でこちらを見ようともしない。だから喪主のあいさつの途中、声を詰まらせた奥さんに向かって、「まったくミチオさんはいい人でした」と云いながら抱きついてみた。嘘泣きは昔からけっこう得意だったのだ。それもすぐに現れた葬儀場のスタッフによってやんわりとひき剝がされてしまった。席にもどり、今の演技はいまいちだったか、とわたしは小さく舌打ちした。

それからはおとなしくしていた。棺に白い菊の花を手向け、霊柩車が出発するまで見送った。あのときのドタバタした別れとは違う、長い別れの時間だった。わたしはミチオくんを乗せた車が視界から消えてしまっても、ぼけっとその消えたあたりを眺めていた。寒い。クリスマスイブだっけ、今日。両目のはしっこが乾いた涙ととれかけたマスカラがこびりついてごわごわしている。嘘泣きとはいえ、泣いたのはいつ以来だろうか。

背後で屋内にもどる参列者たちの自動ドアの開閉音を耳にしながら、わたしはなにかをやり遂げたような充足感に包まれていた。

ママから「結婚しようと思うの」と電話がかかってきたとき、わたしは「ほらね」と条件反射で返していた。

「ほらねってなによ、ちいちゃん。ママ、今はじめて云ったんだけど」

ママは不満げな口調で云った。わたしが驚かないのがおもしろくないのだとわかった。でもいつかはくると思っていた。だから、ほらね。

「相手はどんな人？」

水を向けるとうれしそうに語りだした。しゃべりたくてたまらない様子だった。すごくやさしくて、知的で、包容力があって……。少女のようにはずんだ声だけを聞いていると、どっちが母親でどっちが娘だか知らない人は迷うだろう。ママは相手の内面ばかり自慢していたけれど、きっと外見もかなりのレベルに違いない。あの男と離婚して年を経るごとにママの面食い度数はさらにアップした。つまりアクセサリーにより輝きと高い価値を求めるようになったということだ。それができるのは本人がその輝きに劣らないほどのうつくしさを保っている自負があるからなのだとわたしは思う。

「よかったね、おめでとう」

てきとうに聞き流してから話をうち切るようにお祝いを云った。するとママは、あらあら、と軽く笑った。

「おめでとうはまだよ、ちいちゃん」

「でも結婚するんでしょ」

「紹介したいの。ママひとりじゃ、また失敗するかもしれないでしょう。ちいちゃん、うちにきてよ。近ごろ全然寄ってもくれないんだもの。それであれやるの、品評会。ほら昔ふたりでよくやったじゃない。たのしかったわよねえ。ちいちゃんの意見を聞かせて。それで結婚するかどうか決めるから」

「意見って云われても……」

そんなものほんとうは必要ないということくらい、わたしにもわかっている。失敗するかもなどと殊勝なことを云っても、ママは本心ではもう決めているはずだ。家から足が遠のいたわたしを呼びつけたいのと、あともうひとつは単純に相手を見せびらかしたいからに決まってる。

この人は一生こうなのだ。

娘の婚約者に色目を使った挙句、結婚の約束を反故《ほご》にされたこともなんとも思っていない。その傷が尾を引いていまだ独身のわたしに、今度は自分の婚約者を紹介したいとのうのうとのたまえる鋼の心臓の持ち主なのだ。あくまで自分の欲望に忠実で絶大な自信があるからこそできる所業。一周まわってすがすがしいくらいだった。

「わかった。いくわ」

気づいたときにはそう返事してしまっていた。

紹介された高梨《たかなし》さんは落ち着いた雰囲気の眼鏡をかけた男の人だった。無造作なグレーヘアが学者っぽく見える。ママが自慢するだけあってなかなかのイケメンだった。隣でゆったりとほほえむママも六十手前とはいえじゅうぶんきれいだった。ふたりが並ぶと絵になった。このまま鉄道旅行の広告に起用されてもおかしくないくらいだ。

おだやかな話しぶりの高梨さんの横でママは出しゃばらず、うんうんと小さく頷きながら黙って聞いていた。高梨さんにも一回離婚歴があった。息子さんがひとりいるけど結婚し家庭を築いてしあわせに暮らしているという。幼稚園に通うお孫さんもすでにいるらしい。あちらのご家族は今回の再婚をとてもよろこんでくれていて、なんの問題もないという話だった。

「千奈さんにもわたしたちの結婚を認めてもらえるとうれしいのですが」

「はい」

「たった一度会ったくらいでその答えをいただけると思うほど図々しくはないつもりです。今日はまずわたしという人間を知っていただくというごあいさつ程度で」

「わかりました」

相手が敬語で話すので、わたしのほうも合わせて返さざるをえない。今までママの周囲にいなかったタイプの人だった。丁寧すぎてどうも調子が狂ってしまう。だけどママはいつもよりもおとなしく、電話口では昔みたいに品評会がどうのこうのと軽薄に云っていたわりにはずいぶん落ち着いているように見えた。もしかしてあれはただの照れ隠しだったのだろうか。

「どうしてママと結婚しようって思ったんですか」

直球を投げてみた。ふつうに疑問だった。高梨さんがママの男遍歴を知っているかどうか訊いてみたい気持ちもあったけど、さすがにそれは云えなかった。

「彼女となら、このさきの人生をおだやかでしあわせな時間の中で一緒に過ごしていけそうだと判断したからです」

おだやかでしあわせな時間……。それはわたしとママの人生においてこれまで一度もなかったものだった。わたしたちは常に、云ってみれば狂乱の渦中にいた。その中でお互いに少しでも勝っているものを誇ることがしあわせだった。ママはこの人と変わろうとしている。それをわたしは祝福しようと思った。

「おふたりでおしあわせに。ママのこと、よろしくお願いします」

結婚式はお互いの家族を招くだけのこぢんまりしたガーデンウェディング形式で行われた。ママのドレスも動きやすくシンプルなマーメイドタイプで、そのぶん髪のセットにブーケと同じ生花をふんだんにあしらい、顔まわりをはなやかにひき立てていた。花嫁用の控室でママはデコルテに手をやると顔をしかめて云った。

「やあね、太っちゃった。鎖骨が沈んでこれじゃ境目がわからないわ」

「そお？　ママくらいの年齢なら痩せて貧相に見えるよりも少し脂肪がついたほうが上品で裕

福そうに見えるんじゃない？」

「そうかしら？」

「そうよ。大丈夫、ママきれいよ」

ママの背後に立ち、鏡越しにこう云うとやっと安心したようにほおをゆるめ、「ありがとう」と答えた。そしてひそひそ話をするようにわたしの手をとり自分のほうにひき寄せると、耳もとでささやいた。

「ねえ、ちいちゃん」

「ん？」

「ママより目立っちゃ嫌だからね」

「………」

一瞬言葉に詰まった。まだ、云うのか。気をとり直して苦笑いしつつ、「はいはい」とわざとそっけなく頷いた。これまで幾度となくくり返されたやりとりだったのに、わたしは胸をつかれた思いだった。

この人はいったいなにをこんなにこわがってきたのだろう。いつだってあなたは主役で脇役はわたしだったのに。どんなに対抗しても最終的には負けてきた。若さだけを武器に一本槍でたたかってきたのはこっちなのだ。でももうわたしもそんなに若いとはいえない、こわがる必要なんてどこにもないのだ。

鏡の中のママと目が合った。瞳が揺れている。これまで押し隠してきた不安の色が消えずに残っていた。ママ自身、美貌のかげりに動揺しているのかもしれなかった。わたしはママと見つめあったまま、手の甲でぐいっと乱暴に唇を拭った。つややかなグロスごと口紅の色はほとんど剝げてしまった。こうするとずいぶん顔色がくすみ、一気におばさんになった気がした。

「これでいい?」

「ありがとう、ちいちゃん」

式はお互いの家族を交えておだやかに進んだ。向こうの息子さん夫婦も感じがよく、小さなお孫さんはかわいらしかった。手入れが行き届いた庭には色とりどりの花々が咲き誇り、今ここにあるすべてがふたりを祝福しているようだった。

結婚後、ママと高梨さんは郊外の別荘地に移り住み、わたしが残された家にひとりで住むことになった。

様子を見にきてくれませんか、と高梨さんから連絡があったのは一年と半年が過ぎたころのことだった。ふたりが静かな湖畔《こはん》の別荘で暮らしはじめてから二度目の冬だった。それまで一度も訪れたことがなかったわけではない。昨年も今年も夏にはあちらの家族も呼んでみんなでバーベキューをした。自然豊かな土地で、そこで採れるおいしい野菜やきれいな水を堪能した。毎日がデトックスね、とママに云うと笑っていた。実際ママの肌つやはよくて、すてきな旦那さんと健康的な生活の両方のおかげで若返って見えるほどだった。

ママと一緒にしあわせな日々を送っているはずの高梨さんの電話の内容は要領を得ないものだった。ソフトな語り口ながらも云うべきことはしっかり云う人だと思っていたのでちょっと意外だった。あとで思い返してみれば、どう説明すればいいのか、彼も違和感の正体を摑みかねて困惑していたに違いなかった。だから「遊びにきてくれませんか」という誘い文句ではなく、「様子を見にきてくれませんか」というあいまいな表現になってしまったのだろう。

雪の多い地域とは聞いていたけれど、用意したスタッドレスタイヤだけでは心もとないような雪道だった。チェーンの巻きかたなんて覚えてないし、正直途中でひき返したほうがいいかもと何度も迷った。天気はよかったのでそれだけが救いだった。明るい陽の光が雪に反射してきらきらとまぶしいくらいだった。グローブボックスからサングラスをとり出してかけると少しはマシになったけれど、慣れない雪道にわたしはずっとひやひやしどおしだった。

無事到着してベルを鳴らすと、高梨さんが待ちかねたように迎えてくれた。ママは暖炉の前のソファでくつろいでいた。わたしの姿を認めると驚いた様子で、「まあ、ちいちゃん、どうしたの？」と訊ねた。

「あなた、わたしに内緒でちいちゃんを呼んだのね。これはなんのサプライズ？」

そうだったのか。わたしは高梨さんをふり返った。ママを驚かせようと内緒でわたしを呼んだのだと思った。なんの記念日か知らないけど、わたしはそのために担ぎだされたってわけね。

だけど高梨さんは沈んだ表情で、「きみに説明したよね」とママに云った。

「何度も」

「どういうこと？」

首をかしげるわたしをキッチンに連れていき、高梨さんは訴えた。一ヶ月くらい前からママの様子がおかしいこと、すぐに云ったことを忘れたりなにかを失くしたりする。時には何時間も家の中を探しまわって部屋をぐちゃぐちゃにしたり、かと思えば何時間も身じろぎひとつせずにソファにぼんやり座り続けていたりする、と。

「それって……」

「明日、病院につき添ってもらえないでしょうか」

「待って。ママはまだ若いわよ」

反論しかけたわたしに向かって、高梨さんは疲れた様子で力なく首を横にふった。その時点ですでに彼はなにかを拒絶していた。翌日三人で病院にいき、ママに検査を受けさせた。精密検査の結果は後日になりますがほぼ間違いないでしょう、と医師から説明されたあと、無言で車に乗り込んだ。ハンドルは高梨さんが握った。

「この環境がいけないのだと思うんです」

じっと白い雪道を見つめたまま、高梨さんが云った。そのときわたしとママは後部座席に並んで座っていた。

「わたしは会話があまり得意ではありません。外出も好きではない。変化の乏しい毎日は彼女にとって苦痛だったのでしょう。わたしは知らず知らずのうちに彼女を自分の理想に巻き込んでいたのかもしれません」

「それは……ふたりで話しあって決めたことですよね？　ママはここにきてとてもしあわせそうでしたよ。それを安易に病気とつなげるのはどうかと……」

隣のママの様子を気にしながらわたしは答えた。検査で疲れたのか、ママは半分目を閉じて眠りに落ちる寸前のようだった。

「わたしのせいです」

やはり前を向いたまま、高梨さんがきっぱりと云い切った。

「彼女を連れて帰ってくれませんか？」

「……!?」

「それが一番いい解決方法だと思うのです」

わたしはママの手の甲をそっと撫《な》でた。わたしたちはたくさんの男たちを捨ててきた。そして今度はその報いのように捨てられるのだ。

次の日、ママを連れて別荘を出るまでわたしはほとんどしゃべらなかった。心配そうにママが問いかけるときだけはわずかにほほえんでみせた。所在なさげに立ち尽くす高梨さんのほうはなるべく見ないようにした。でないと彼に殴りかかってしまいそうだった。

出発した車内でわたしは大きく息を吐いた。ママはまたおでかけだとにこにこしていた。彼になんのおみやげを買って帰ろうかとたのしげに考えているママに、しばらくわたしと暮らさないかとはなかなか云いだせなかった。

暖房を効かせすぎたせいでフロントガラスが白くくもりはじめる。外も一面の白い世界。前が見えづらくなってきた。白と白の境界がわからなくなってくる。このままこの白に溶けてしまおうかと一瞬本気で考えた。でも次の瞬間、わたしは窓という窓を全開にし、同時にブレーキを踏み込んだ。車は半回転しながらなんとかとまった。開いた窓のすぐ外には大きなモミの木が立っていた。

後日、高梨さんからママの検査結果を伝える電話があった。彼は事務的な口調で内容を読みあげた。ひと通り聞き終わるとわたしは「ありがとうございます」と平坦な声で云い、そして祈りを込めて続けた。

「あなたのこのさきの人生におだやかでしあわせな時間が永遠に訪れませんように」

「……わたしは」

しばらくの沈黙のあと、高梨さんは苦しそうな声で云った。

「わたしはあなたほど彼女を知らないのです」

「それはわたしだって……」

云いかけて電話を切った。

わたしだってママをよく知らないのです。

ふたりで暮らしはじめてから半年後、ママは倒れた。医師の話では軽い脳梗塞《のうこうそく》ということだった。後遺症は残らないと告げられていたのに、退院後の生活では介護が必要になった。入院中に体力を消耗したのか、本人の意欲の問題なのかはわからなかった。認知症状も少しずつだけど確実に進み、ママはわたしのことがわからなくなった。娘を忘れたんじゃない、ママのちいちゃんは若いままどこかで生きていて、目の前にいる中年の女が誰なのかわからなくなったのだ。

ママとふたりきりの生活をしあわせだったと軽々しく口にするつもりはない。だけどおだやかではあった、少なくとも今までで一番。

数年後、ママが死んだ。

わたしはクローゼットの奥から喪服をひっぱり出した。ミチオくんのお葬式に着ていったあの喪服だ。誰もいない部屋でそっと胸にあててみた。鏡の中の自分を見て、まだいける、と思った。

高梨さんには一応連絡した。それが礼儀だろうと思ったからだ。高梨さんはかすれた声で丁寧にお悔やみの言葉を述べた。彼に今しあわせかどうか訊ねようかと考えたけれどやめておいた。それで終わりだった。

お葬式の朝、わたしは早めに起きて朝食をとり、ゆっくりと準備をはじめた。納得のいくまでメイクに時間をかけ、薄い黒のストッキングを注意して穿《は》き、喪服に着がえた。それから家中にあるアクセサリーを順に身につけていった。ピアスやイヤリング、ネックレスにチョーカー、ブレスレット、指輪も重ねてつけられるだけ。ママの持っていたアクセサリーも全部。

葬儀場に向かうわたしをぎょっとした顔で道ゆく人たちがふり返った。その視線を無視して歩くのは爽快だった。ママはひとりで待っている。はやくいってあげなくちゃ。ふたりきりのお葬式なのだから。

建物に入り、ママの棺へと近づいていく。一歩進むごとにアクセサリーたちがぶつかりあい、音を立てる。

——ちいちゃん、ママより目立っちゃ嫌だからね。

ごめんね、ママ、うるさくてなにも聞こえないよ。

耳もとで聞こえるアクセサリーたちのじゃらじゃらという音が、ママの声も言葉の虫の羽音もすべてかき消してくれた。

第三話　ジャムセッション

　羽野未知生と再会したのは、おれが二十九歳のときだった。企画開発部から販売促進部に異動になり、そこで同期の羽野と再会したのだ。おれはストレートで院卒、羽野は一浪の大卒だから、あいつは同期だけどひとつ下だった。

　本音を云えば異動は不本意だった。入社五年目、少しずつ企画も認められるようになり、よしこれからと意気込んでいた矢先に辞令がおりた。納得がいかなくて上司に理由を訊ねたが、「ん、なにか不満があるの？」と逆に訊き返されてしまい、「いえ、わたしは別に……」と答えるしかなかった。将来有望なやつは短いサイクルでいろいろな部署を経験させるらしいよ、ともっともらしく云う先輩もいて、真偽のほどはともかく、それなら少しは我慢してみようという気持ちになった。どのみちおれら勤め人が好き嫌いを云える立場ではないこともわかってるつもりだ。会社の命令は絶対で、与えられた条件の中で必死に結果を出すしかないことも身に沁みている。

　羽野は入社以来販促部から動いていなかった。同期のよしみでいろいろ教えてもらえると助かる。異動初日、運よく部の前の廊下でばったり鉢合《はちあ》わせした羽野におれは愛想よく声をかけた。

「おう、羽野、ひさしぶりだな。聞いてるかもしれないけど、今日からおれ、販促部に異動なんだわ、よろしくな」

「……」

あまりに無反応なので心配になった。

「おい、大丈夫か？　おれ、高城一真《たかしろいっしん》、おまえと同期の。もしかして覚えてないとか？」

「あ」

羽野は一瞬身を引いたあと、おれの顔をまじまじとのぞき込んだ。

「なあんだ、高城くんか。すっかり社会人みたいだから誰かと思ったよ」

「おいおい、頼むよ。あれから何年経ってると思ってるんだよ。おれだってそりゃスーツ姿も板につくさ。おまえだって」

おれは云い淀んだ。羽野ももちろんスーツを着ていたけれど、なんていうか似合ってなかった。サイズの問題じゃなく、着こなしの問題かもしれない。着ているというより着られている、誰かの借りものみたいだ。

「……ともかくよろしくな」

「うん、こちらこそ」

にこにこと笑いながら羽野は右手を差しだしてきた。握手か、とおれは思った。いや握手って、ここでか。一転してフレンドリーな態度の羽野に内心たじろぎながら、おれはなんでもない顔をして目の前の無防備な右手を握った。あいつの手のひらはさらさらと気持ちよく乾いていて、おれのはたぶん、いや確実に湿っていた。それが気に食わなかった。なにかを試されたみたいに感じたのだ。

朝礼でみんなの前で紹介され、なにかひとことと促《うなが》される。ともかく好感度をあげようと、「わたしは、ぜひ、みなさんと、わが社の、商品を、広く、世に」と一語一語区切ってはきはきしゃべっていたら、古波《こなみ》課長からやんわりと「高城くん、軍隊じゃないんだからさー」と突っ込まれた。社員からも笑いがもれたが、そう嫌な笑いじゃなさそうだったのでほっとする。

「企画開発部の雰囲気とは少し違うかもしれないけどさ、うちの部はわりとなごやかっていうかアットホームな感じだから。まあ、あまり力まずがんばろうよ」

「はいっ、よろしくお願いします」

おれがぺこりと頭をさげると周囲からあたたかな拍手が送られた。歓迎ムードで受け入れてもらえてひと安心といったところか。そう思って顔をあげると、一番奥のほうで朝礼に参加している羽野の姿が目にとまった。羽野はみんなの拍手の輪には加わらず、うつむきがちになにかをメモしていた。

気になってあとで見てやろうと思ったが、慣れない業務のレクチャーで一日中それどころではなかった。販促部はウェブ媒体やSNSでの商品プロモーションやマーケティングといったデスクワークと、販路の拡大やキャンペーンの企画に合わせたイベント開催などの外まわりに分かれている。ノベルティの作製などは専門業者に外注することもたまにあるらしいが、そこまで大手の会社というわけでもないので、できることは自分たちでなんとかしているのが現状ということだった。

「分担って決まってるんですか」

「まあ、そうだね。一応、ゆるーくね。人間、得意不得意があるからねー。でも基本的には都度チームを決めてやる感じかな。必要人数とか、他にもいろいろみんなの事情もあるし」

「なるほど」

古波課長の言葉に頷きながら忘れないようメモをする。そういえば羽野のメモ、あいつなにを書いてたんだと頭をよぎる。いやいや今はこっちだと自分のメモを見直し、「みんなの事情」というところで首をひねった。事情ってなんだ？　そのときに各自が抱えている仕事量とかそういうことだろうか。

気づくと課長は数歩前をいき、次の説明をはじめようとしていたので慌ててついていく。まあいいか。そのうちわかるだろう。

おれが勤めているのは地元では有名なジャムのメーカーだった。ぶどう、イチゴ、桃、チェリーなど、もともとフルーツ生産が盛んな地域で良質な材料が揃っている。定番のフレッシュジャムが主力製品であることは間違いないが、近年ではあたらしい製法や材料を使った新商品にも力を入れはじめているところだ。

販促部での仕事がはじまって、だんだんとわかってきたことがある。初日に云われた「みんなの事情」の意味するところだ。それはつまり部内の業務上の事情ではなく、個人のプライベートな事情のことだった。ほとんどは子どもや親に関すること、いわゆる家庭の事情が多かったが、それをここでは最大限に優先させてあげるらしい。ある程度はおれにも理解できた。前の部署でも子どもの行事や親の介護で休んだり、はやく帰宅できるよう仕事を調整したりというぐらいはあたり前にやっていたし、産休育休もちゃんととれるよう残った人間で分担もしていた。一般的に見ても、男性の育休にも理解がある優良企業だと思っている。

だけどこの部のすごいところは、よくわからない理由であろうとなんでもオッケーになってしまうことだった。たとえば、推《お》しのイベントがあるから休みたいとか、ホットヨガのスタジオに通いはじめたから水曜日と金曜日は残業はなしでとか、ちょっと首をかしげたくなるような理由でもありなのだ。そういうのを含めてプロモーションごとに古波課長がチームを決め、スケジューリングしていく。それもまたずいぶん大変な作業だろうと思うのだが、飄々《ひょうひょう》とやっているのでそんな風には見えないし、社員のほうも誰かがあけた穴を代わりに埋めることになっても文句ひとつ云わないのだ。

おれはむずむずしてしょうがなかった。

それでいいのか、ほんとうにいいのか、と誰かを摑まえて訊いてみたい衝動に何度も駆られた。とりわけ気になったのは羽野にだけ認められている謎の猫ルールの存在だった。羽野は泊まりがけの出張にはいかない。飼っている猫をひと晩置いて留守にはできないから、というのが理由らしかった。

「猫って、ペットホテルとか友だちの家とか、あずけるところ探せばいろいろあるんじゃないですか」

部内で動物好きを自認する古参の西崎《にしざき》さんに一度軽く訊ねてみたことがある。西崎さんは頃合いを見計らって率先してみんなにお菓子やお茶を配ってくれる世話好きのお母さんみたいな存在だ。彼女の住んでいるマンションはペット禁止だというのが唯一の不満で、スマホにかわいい動物のほっこり画像を保存しては疲れたときに眺めるのが日課だそうだ。おれも時々見せてもらうが、確かに癒《いや》される気持ちはわからないでもない。

「そうねえ。でも羽野くんのおうちの猫ちゃん、けっこう気むずかしがり屋さんみたいなのよ。羽野くんがいないとごはんも食べないし、トイレもなかなかしてくれないんだって。そりゃあ心配よねえ」

「心配、ですかね」

おれはわずかに眉根を寄せた。一食二食ごはんを食べなかったからって死ぬわけでもないだろう。トイレだって便秘で何日も出なくても平気な人間もいるのだ。哺乳類《ほにゅうるい》同士、なにもお猫さまだけが特別ってことはないと思うのだが。

「あら、もらいもののおまんじゅう、みんなに行き渡るかしら?」

箱の蓋《ふた》を手に西崎さんが真剣な表情でまんじゅうの個数を数えはじめた。彼女にとっては新参者のおれの呟きよりもそっちのほうが重要らしかった。そういえば西崎さんは常に過不足なく全員にお菓子を配ってくれる達人だった。あんこが苦手な社員には代わりに洋菓子を、糖尿病を指摘されている社員には甘いものではなくおかきやおせんべいなどの乾きものを、といった具合に。

平等が好きなのだろうと思う。それもカスタマイズされた平等が。そういう意味ではここにいるみんながそうなのかもしれない。問題なのはみんなが認める平等が、おれにはただのわがままにしか感じられないということだった。


思い起こしてみれば、おれは羽野未知生という人間が新入社員のころから苦手だった。はっきり云ってしまおう、嫌い、だった。にこにこと人好きしそうな顔をしているくせになにを考えているのかわからないところや、協調性がなくて突拍子もないことをいきなりしそうな危うさや、意外に逃げ足がはやいところなんかもそうだった。新人研修の一週間、おれはあいつと同じグループになったせいで調子を狂わされてばかりだった。

接遇《せつぐう》マナー研修を座学で受けている間、羽野は熱心に手もとの資料になにかを書き込んでいた。まじめなやつだな、くらいの印象だったが、講師がひと通り話し終えて新入社員たちに次々に質問を投げかけると、あてられた羽野が慌てて立ちあがった拍子にひざの上の資料がばさあっと床に散らばった。緊張していた社員たちは羽野が居眠りでもしていたと思ったのだろう、くすくす笑う声がそこかしこから聞こえてきた。まっ赤な顔で床にひざをついて資料を拾おうとする羽野を見かねて、おれも一緒に拾ってやった。もたもたしているあいつの手から資料を奪い、ページ順に並べかえてやると、一枚一枚の右下に似たようなイラストが描いてあるのが目にとまった。なんだ、これ。よく見ると似てはいるが少しずつポーズの違う人物のイラストだった。

パラパラ漫画らしきものを目の前にして、パラパラせずにいられる人間なんてこの世に存在するだろうか。

というわけでおれはした。パラパラとめくるとその人物がおじぎする、たったそれだけのイラストだった。漫画と呼ぶにはあまりにもお粗末な代物《しろもの》だ。金魚草みたいな派手なフリルのたて襟《えり》のブラウスを着ているから、きっと女性講師のつもりで描いたんだろう。もう一度めくってみる。あれか、さっきの話、おじぎの種類は相手や場面によって三種類あるってやつ。ようやく合点がいったおれの手もとをのぞき込む顔がぬっと現れ、驚いた。当の講師だった。

「これでしたら敬礼のおじぎですね」

角度は三十度くらい、なるほど敬礼のおじぎだ。会釈だと十五度くらい、最敬礼だと四十五度から九十度だと習ったばかりだった。

「できればもう少し美人に描いていただけるとうれしかったのですが」

大げさに肩をすくめ、おどけ顔で周囲を見渡して笑いに持っていったが、みんなあまり受けなかった。なにしろ目が笑っていないので、おれもうまく笑えなかった。微妙な空気のなか、羽野は頭をさげて「すみませんでした」と小声で謝ったものの、そのおじぎもお詫びの気持ちを表す最敬礼の四十五度にはどう見ても足らず、それも火に油を注ぐ結果となった。

この件は誰がどう見ても羽野の失態のはずだった。だけどなぜかみんなからは「おまえがパラパラするから悪い」と責められた。立ちあがって不思議そうな顔で何度もめくるから注目を集めたんだ、らくがきをばらされた羽野くんがかわいそう、という理屈だった。確かにあのあと講師に目をつけられた羽野は何度も実技であてられ注意を受けた。でもそれはおれのせいじゃない、あいつが講義をろくすっぽ聞かず、うわの空でらくがきなんかしていたから悪いのだ。親切心で拾ってやったおれからすれば完全な巻き込まれ事故だった。

さらにはその後のグループワークでも納得のいかないことが続いた。出された課題についてグループごとにディスカッションし、それを模造紙にみんなが手書きして最終的に代表者が発表するという形式だった。積極的に発言したおれは必然的に意見をまとめる議事進行役となり、羽野はそんなおれに問われてやっと口を開く程度で全然役に立たなかった。残り時間もあとわずか、いざ模造紙にまとめていこうという段になって、他のメンバーから羽野にまかせてはどうかという意見が出た。イラストが得意なんだからうってつけだとみんなも賛成してそうなった。

　半分面倒な作業を押しつけられた恰好だが、羽野は逆らうことなくペンを手にとった。おれはちょっといい気味だと思った。グループの中心で要領よくおれが話をまとめるのを輪のはしっこにいるあいつが黙々と書きとめていく。意見が出尽くしたところで時間を余らせたみんなは雑談に興じていた。その横で羽野は余白にイラストを描きはじめた。植物だったか動物だったか忘れてしまったが、そんなにうまくもないけどいかにも女子受けしそうな絵柄だった。それを見て案《あん》の定《じょう》、「かわいい」と女子社員たちがいっせいに云いだして色塗りを手伝いはじめた。慌てて残りのおれらも参加する。さぼっていると思われたくなかったからだ。

　完成したころにはグループの形はすっかり変化していた。おれ中心だった輪はいつの間にか羽野中心の輪になり、あいつは要領よくちょこちょこっとへぼいイラストを描いただけで人気者になっていた。おれだって別に人気を得たいと思っていたわけではない。ただこのグループワークへの貢献度は明らかにおれのほうが上だという自負があった。だから発表の代表者に自分が選ばれず、なぜか羽野が選ばれたことはショックだった。そしてまたあいつもどうして自分が選ばれたのかわかっていない自信なさそうな顔でたどたどしくまとめを読みあげ、周囲から拍手なんぞもらっているからさらに腹が立つのだ。

　そういうところだぞ、羽野。

おれはおまえのそういうところが大嫌いだったんだ。

「そういうところなんですよ。そういうところが、お……わたしは、大……いえ、どうかと……」

まずい。だんだん酔いがまわってきたみたいだ。

上司相手の飲みの席で、「おれ」と「わたし」が混同しはじめるのはよろしくない兆候《ちょうこう》だった。相手のペースが摑めないというか、読めないというか、食えないというか、それも一因に違いない。

はじめてふたりきりで古波課長に飲みに誘われたのだ。

部のみんなで打ちあげという形の飲み会はこれまでもあったけれど、おれを名指しできたのは今夜がはじめてだった。なにか話したいことがあるのか、もしかしてお説教かと内心びくびくしながらついていったら、男ふたりというのにおしゃれな焼き鳥屋に連れていかれた。できれば赤ちょうちん系で煙がもうもうと立ちこめているくらいの店のほうが緊張せずに話せそうな気がするのだが。

「どう？　販促部にきて仕事しやすい？」

乾杯してすぐ、そんな風に訊かれたと思う。特別しにくいとは感じていなかったので「はい」と答えた。それからお通しの砂肝《すなぎも》のマリネをあてに一杯飲み、次に鳥刺《とりさ》し、ささ身たたきポン酢、生ハム、地鶏炭火焼き、月見つくね、手羽《てば》ぎょうざ……ときて、やっとメインの焼き鳥にたどり着いた。けっこう長い道のりだった。その間、古波課長はビールからワインに移り、仕事とは無関係の他愛のない話に終始していた。

おれは肩すかしを食らったような気分だった。もう少しなにか突っ込んだことを訊かれると思っていたから、課長が一問目の答えで満足してしまったんじゃないかと考えると、それは違うような気がしてきた。

カウンターの向こう、ガラス張りの内側で店員が焼き鳥を焼いている。目に沁みるくらいの煙もしたたる油が炭の上に落ちるジュウという音もこちらには届かない。店員の額《ひたい》に巻かれた手ぬぐいには汗がにじんでいる。焼き加減を見つめる鋭い目つき。串を返すときにわずかに浮きでる手首の血管。すべてをガラスの箱に閉じ込めて、なにを伝えたいのかおれにはさっぱりわからなかった。

「もやもやすることなら、あります」

すべての会話の流れをぶった切っておれは口にした。何杯目かのビールのグラスに急いで唇をつけ、湿らす。

「ありそうだよねー、高城くん」

驚きもせずに、むしろちょっとおもしろそうに古波課長は云った。

「むずむずかもしれませんけど」

「そこはどっちでもいいかな」

「よくないっす。お……わたしは、部のそのなんでもオーケー的なところがよくないと思うのです」

「ふうん、たとえば」

「たとえば……」

おれは考えた。ぱっと思い浮かんだのは羽野のことだった。それも新入社員研修のときのあいつのことだ。小さく首をふる。これは今の部には関係のない話だった。もっと要点を、わかりやすく、的確に。企画を提出するときさんざん云われてきたことだ。背すじを伸ばし、古波課長のほうにゆっくりと身体を向ける。

「改まるね」

「古波課長はみんなに甘いです。それでほんとうにいいのかどうか、疑問です」

「甘いかな？」

「アマアマです。みんなの事情を考慮して仕事の配分を決めるの、間違ってはいないとわたしだって思います。みんなが働きやすい環境をつくる、上司の鑑《かがみ》です。でも勘違いするやつもいる。ここではわがまま云っていいんだ、好きにしていいんだ、みたいな。くだらない理由で他人に仕事を押しつける、それで自分は楽しようってやつです。そういうのを野放しにすると、のちのち職場に悪い影響を及ぼしかねません」

「くだらない理由って、たとえば?」

「たとえば……」

またか。古波課長も酔っているのかもしれない。でもここまで云ってしまったのだから、きちんと答えなくてはいけない。

「子どもとか親とか家庭の事情ならともかく、推しがどうとか趣味がどうとか猫がどうとかいうのはちょっと、いえずいぶん、違うんじゃないでしょうか。もっとみんなが納得できる理由じゃないと」

「だめかな?」

「だめですよ。そんな理由で仕事ふられる身からしたら、たまったもんじゃないっす。不満たらたらで仕事して、効率があがるとは思えません」

「たらたらかー」

「です」

「でもたらたらなのは高城くんが、だよね?」

そう云って課長は大きめの白レバーをひとくちでほおばった。ねっとりとした食感が見ているこちらにも伝わってくるような、もったりした口の動きだった。ひなたで寝そべって草を食《は》むヤギみたいな。

「おれ、いや、わたしだけじゃないと思いますよ。みんな口に出して云わないだけで」

「……」

返事がないのは考えているのか、まだ咀嚼《そしゃく》中でしゃべれないだけなのか。

「だってそんなの、絶対不公平じゃないですか。みんなの事情を汲《く》みとって平等になんてできるわけない。誰かが手を抜けば、誰かがそれをかぶるんです。そうしないと仕事なんて永久に終わらない。今の状況はぶっちゃけ云ったもん勝ちですよね。要領のいいやつだけが得をする。そういうところなんですよ。そういうところが、お……わたしは、大……いえ、どうかと……」

熱弁をふるっている途中から、古波課長がおれの目をじっと見つめていることに気づき、最後はしどろもどろになる。またもや羽野の顔が頭に浮かんでいる。違う、違う。おれは今、部内のみんなを代表してしゃべっているのだ。過去の個人的なうらみを披露《ひろう》しても意味はない。酔いが脳みそを攪拌《かくはん》する。おまえはあっちいってろよ、どうしておれの邪魔ばかりする。文句を云ってる相手が誰なのか意識が混沌《こんとん》としてきた。おれは自分が課長に対してなにか変なことを口走ったのではないかとだんだん心配になってきた。

「平等にしようとはぼくは思ってないよ」

「え」

「みんな違う生きかたなんだし、事情は違っててあたり前。家庭の事情はえらくて、そうじゃない事情はえらくないなんて誰が決めるんだろう」

「えらいかえらくないかの問題では……」

「でも、優劣をつけるってそういうことだよね。他人の大事なものやことに順番をつける。その線引きって？　誰のなに基準？　今のは高城くんの基準で、高城くんの不満、そうじゃないの？」

「はあ、まあ、そうかもしれないですけど」

しぶしぶ認める。

「それもさ、現時点のきみの不満であって、未来のきみはそうじゃないかもしれない。今はまだ優先したいものがないだけでこれからあるかもよ。それって誰かとくらべられたり貶《おとし》められたりされるものじゃないかもしれないよね。それともある？　今きみが大事にしたいもの」

「いえ、特には……」

「なんでもいいんだよ。趣味でも彼女でも」

「彼女なんていませんよ」

むっとした口調で云い返すと、古波課長は即座に謝った。

「ごめん。ぼくの失言だったね。でも、今でなくてもなにかあれば遠慮なく云えばいいと伝えたかったんだよ」

「課長のおっしゃること、わからないでもないですけど、そういうこと、云える人間と云えない人間がいるんです、この世界には」

「世界、ときたか」

「だから結局、云えないやつがひとりでがんばって莫迦を見るんです。それを平等でなくていいって云われたら身も蓋もないっていうか」

古波課長は口の中のものを洗い流すようにワインを注ぎ込んだ。

「じゃあ会社はいらないよね」

「はい？」

「ひとりでがんばる人たちをいくら会社って箱に詰め込んでも、それはひとりでがんばる個人の集まりでしかないんだよ。あのね、高城くん。仕事なんて誰がやってもいいんだ。いくらでも替えがきく。ぼくの仕事も他の誰かにまかせたって全然問題ない。きみの仕事も他の誰の仕事も個人の持ちものじゃない。流動的でかまわないし、むしろそうあるべきだとぼくは思う」

「はあ」

「世界がどうだかぼくにはわからないけれど、会社ではきみは云わなくちゃいけない。社内でもぼくの考えを理想論だと笑う人もいるけどね。だけど理想をいつまでも神棚にあげたままあがめたてまつるっていいことなんだろうか。理想を実践して理想でなくすることのほうがぼくは大切だと思うんだけどなあ」

「………」

目のふちを赤くして古波課長はなめらかに語っている。

おれは小さく頷きながら、心の中のもやもやがちっとも晴れないことに気がついていた。正論ほど性質《たち》の悪いものはない。課長の語る理想とやらの輪におれは入れないだろう。お入んなさい、とやさしく声をかけられても無理だろう。おれは自分で云うのもなんだけど、これまで努力でいろんなことを乗り越えてきた。がんばりこそが対価に値するし、古波課長と違っておれにとっては「むしろそうあるべき」なのはそのことのほうなのだ。それをそんなに簡単には変えられない。軍隊みたいと揶揄《やゆ》されても、孤軍奮闘上等、おれはおれ軍の規律に則《のっと》って……。

「そろそろ出ようか」

「はい」

ふらつく課長を支えようとしたおれの足もともふらついている。それでもどうにか支えあって店を出る。肩を並べて歩きながら、この人とは一生わかりあえないだろうな、とおれは酔った頭の底のしらふの部分で考えていた。

その日のおれは朝から上機嫌だった。隣県で行われる明日のイベントのため前泊する予定があった。泊まりがけの出張自体はもう何度も経験していてすっかり慣れていた。だから機嫌がいい理由はそこじゃない。今回の出張イベントチームのメンバーにはじめて羽野が加えられたからだった。

この春、古波課長が異動になり、あたらしく石月《いしづき》課長が上司になった。それに伴い部内の風向きが変わったのだ。女性の上司ということもあってやりにくくなるのではないかと多少の心配もしていたが杞憂に終わった。

石月課長はそれまでのある意味なあなあだった雰囲気を刷新《さっしん》した。まあいわゆるできる上司のお手本みたいな人で、根まわしがよかったのかそれほど不満は出なかった。美人だけど気さくな人柄で、つんけんしたところがないのもみんなに好印象だった。そんな課長が羽野をどうやって説得したのか、あっさり宿泊出張に同意したと聞いたときは心底驚いた。

「高城くん、ぼく泊まりがけの出張イベントははじめてだから、段どりとかいろいろ教えてね」

「お、おう」

出社時のエレベーターで一緒になった羽野に頼まれ、悪い気はしなかった。

「こっちこそ、よろしくな」

「うん」

一瞬右手を差しだしかけた。いやここで握手って、と躊躇する。扉が開いて誰かが立っていたらなにをしているのかと訝《いぶか》しがられるかもしれない。でもまあ、ただの握手だし。殴りあったりキスしたりしてるわけじゃないんだし。今なら手のひらが乾いている自信はあった。

よし、と思ったところで扉が開いた。

羽野が先に出て、おれがあとに続く。中途半端に出しかけた右手で眉をかいた。そうだ、おれはちょうど眉がかゆかったのだ。

チームは明日の朝に食材を調達してから合流する二名を残し、午後になって出発した。おれたちは会社が所有する小型バスに乗り込んだ。遠足ではないのではしゃぐ者もなく車内は静かだった。たいていの場合、運転手以外はこれ幸いと貴重な睡眠時間にあてる。おれも例外ではなくすぐに目を閉じた。けれども眠りはなかなか訪れなかった。

明日のイベントはどうしても成功させたかった。なぜなら今回おれはチームのサブリーダー役に抜擢《ばってき》されていたからだ。販促部に異動になって二年目、やっと戦力と認めてもらえたようでうれしかった。イベントの手順は頭に叩き込んである。準備も抜かりないはずだ。あとは明日の来場者数次第と思っても、運を天にまかせてぐっすり眠るというわけにはいかないみたいだった。

わが社は地元では有名なジャムメーカーとはいえ、近隣県での認知度は老舗《しにせ》の大手メーカーにくらべるとまだまだじゅうぶんとは云えなかった。イベントを行う予定のホテルへのアピールを含め、招待客である県内のレストランやスーパーなど飲食業および小売業者、さらには飛びこみの一般客にも広く知ってもらい、販路拡大を図るのが目的だった。

また同時にジャムそのもののイメージを変えようというコンセプトもある。ジャムといえば朝食というイメージから、昼食や夕食、つまり料理やおつまみなどアルコールにも合うメニューを提示し活用範囲を広げていこうというものだった。題して「ジャムセッション　デイ&ナイト」、聞いたところによると似たようなタイトルのジャズの名曲があるそうだけどおれは知らない。半分パクリみたいなもんだが語呂的にはまあ悪くないネーミングだと思う。

ななめうしろの席にちらりと目をやる。羽野は寝ておらず、熱心に窓の外を眺めていた。小学生かよ、と呆れたようにふっと笑いがもれる。おれはもう一度目を閉じた。今度は少し眠れそうな気がした。

ホテルに到着すると急いで荷物をおろし、ロビーに集合する。スタッフの案内で全員イベント会場に移動して設営をすませ、チームリーダーの尾長《おなが》さんを中心に明日のうち合わせを行い、その日の作業は終了した。

尾長さんがみんなを誘い、食事にいこうという話になった。イベント前日には恒例の食事会だ。軽く飲みながら親睦を深め、明日への士気を高めるのだ。このときの雰囲気がいいと不思議と翌日のイベントもうまくいくことが多い。だから強制ではないが全員参加が暗黙のルールだった。

みんな一度部屋に自分の荷物を置きにいき、それからロビーに集まった。誰よりもはやくおりて近くに手ごろな居酒屋はないかと検索していたおれの耳に「あれ？」という尾長さんの声が響いた。

「高城、羽野くんは？」

「え」

訊かれて顔をあげた。他のメンバーは揃っている。が、羽野の姿だけがない。

「迷ってるのかな？」

「いくらなんでも。さっき一度集まった場所ですよ」

「だよね」

羽野の方向音痴は以前からだが、さすがにそれはないだろう。

「ちょっと呼んできます」

云うや否やダッシュした。なんとなく嫌な予感がしていたが、やはり羽野の部屋をノックしても出てこない。もどってそのことを報告すると、尾長さんは顔をしかめた。

「まいったな。ぼくが声かけたの、聞こえてなかったかな」

「そんなことはないと思いますよ」

おれは即答した。尾長さんは全員に向けてちゃんと聞こえるように云っていた。あいつ、逃げたな。間違いないと思った。そういえば新人研修のあとの打ちあげのときも羽野はいつの間にかいなくなっていた。その場を最後の挽回の機会だと勢い込んでいたおれはやられたという感じだった。面倒なことからはすぐ逃げる。そういうやつなんだ、昔からあいつは。

「みんなは先いっててください。おれが携帯で捕まえて、あとから追っかけますから」

鼻息荒くそう云うと、尾長さんはちょっと目を見開いて、「そこまでしなくてもいいよ」と苦笑いした。

「でも……」

「羽野くんだからさ、仕方ないよね」

誰に云うともなく投げかけた言葉に周囲の数名が答える。

「そうそう、羽野くんだもんね」

「ですね」

「気にせずいきましょう」

ぞろぞろと移動しはじめたメンバーに遅れまいと慌ててついていく。最後尾でおれは未練たらしく何度もホテルをふり返った。息を切らした羽野が「遅れてすみません」と謝りながら必死に駆けてくる姿を想像した。でもそうはならないこともわかっていた。

どうしてだ、どうして羽野なら許されるのだ。

おれにはそのからくりがわからない。せっかく猫ルールを解除してここまであいつを連れてくるのに成功したっていうのに。こうしてチームと行動をともにしていても、はじかれているのは自分のほうだと感じるのはなぜなんだろう。

こんな思いをさせられるのも全部あいつが悪いのだ。おれはますます羽野のことが憎らしくなった。


イベント当日、おれは気合いを入れて準備にあたった。サブリーダーなのでみんなに指示しなければならないことも多い。羽野は昨日の夜のことなどまったく気にしていない様子で黙々と動いている。なにかひとこと云ってやろうかと思ったけど、忙しくてそれどころではなかった。

当日入りのメンバーが到着し、今朝仕入れたばかりの食材が調理担当の西崎さんたちに手渡される。これを今から試食用に自分たちで調理するのだ。料理のプロを雇うわけではないから簡単なものが中心だが、それなりの数をつくらなければならないので大変な作業だ。特に今回は朝のトーストやサンドだけでなく、夜のおつまみに数種類のカナッペも用意しなくてはならない。

「ねえ、これ、カナッペ用のバゲット足らなくない？」

不吉な言葉を耳にした気がしておれは作業の手をとめた。そんなはずはない、勘違いだろうと思い直し、また作業にもどる。

「やだ絶対足らないわよ、おかしいわね」

今度は西崎さんの声だった。現場に慣れているベテランが云うのだからほんとうになにかトラブルが起きたに違いなかった。おれが近づくよりもはやくリーダーの尾長さんが駆け寄る。

「誰だ、今回パンの発注かけたのはっ」

ふだん聞かないようなきつい口調に場が凍りつく。おれは一瞬頭がまっ白になった。なにが起こっているのか、自分でもよくわからなかった。

「おい、誰だよ？」

「お……わたしです」

おそるおそる手をあげる。注文はおれがしたのだ。

「高城か。ちゃんと確認はしたのか？」

「あ、はい。いつものように電話でフィルさんにお願いしました」

「ファックスは？」

訊かれて青ざめた。ブーランジェリー・フィルは古くからうちの会社がお願いしているパン屋だった。地元の名産でもあるぶどうを使った天然レーズン酵母のハード系パンを得意とする店だ。国産小麦粉にもこだわっていて、一番人気のバゲットは基本的に予約注文でしか購入できない、というより、店主ひとりが手間暇かけてつくるためたくさんはつくれないのだ。だからイベントで使いたいときには前もって連絡して当日の朝に用意してもらう。店主の糸井《いとい》さんはかなり偏屈《へんくつ》な人でパソコンは使わない。昔ながらの電話注文と、あとから送るファックスでダブルチェックするのが必須だった。

「すみません。フィルさんに電話したとき、ちょうどファックスが故障中だと伺ったもので……」

「口約束だけだった、と」

「……はい」

おれは深くうなだれた。どうして日を置いてからもう一度確認しなかったのかと自分を責める。旧知の仲だからと油断していたおれの怠慢《たいまん》だった。注文個数を誤って伝えた可能性はないと思う。たぶん糸井さんが聞き間違えたか、メモを書き損じたかどちらかだろう。だけどこれは仕事上で一番厄介な「云った云わない問題」にあたる。証明しようにも証拠はないし、どちらにしろただの悪あがきと受けとられてしまうのがオチだ。全面的におれが悪い、もう平謝りするしかなかった。

「ほんっとうに申し訳ありませんっ」

さらに深々と頭をさげる。角度はそう、直角かそれ以上。五秒数えてから頭をあげた。謝っているばかりでは先に進まない、一刻もはやく打開案を示さなくてはと携帯をとり出しながら早口で云った。

「すぐに代わりのてきとうなバゲットを調達します」

焦って近くのパン屋を検索しはじめたおれに、「それはだめだよ」と声がかかった。慌てて画面から顔をあげる。

「てきとうなバゲットなんて云っちゃだめだよ、高城くん。それは糸井さんに失礼だよ」

たんたんとしたしゃべりかた。目の前の尾長さんじゃなく声は後方から聞こえてきた。ふり向かなくてもわかる、羽野の声だった。

「………」

おれは前を見つめたまま、なにも云えなくなってしまった。そんなおれを見て尾長さんも小さく首をふる。

「羽野くんの云うとおり、それは無理だな。糸井さんは今日イベントがあることを知っている。それで他のパン屋のバゲットも一緒に使ったなんてあとから知られてみろ、あの人は絶対へそを曲げるに決まってる。うちとの取引をやめるなんて云いだしかねないよ。それは困る。すこぶる困るんだ。なあ、高城。ジャムとパンが切っても切れない仲なのは云わずもがなだけど、だからってなんでもいいわけじゃない、そうだろ？　うちの製品にはブーランジェリー・フィルさんのパンがもっとも相性がいいんだよ。だからイベントで使うならあそこのパン以外ありえないんだ」

「……はい」

新人社員に対するように丁寧に諭《さと》されたのが余計に情けなかった。サブリーダーに指名されて浮足立《うきあしだ》っていた自分が恥ずかしい。忙しかったという云い訳が通用しないこともわかっている。だけど現実問題どうすればいいというのだ？　バゲットが手もとにない今、おれは途方に暮れるしかなかった。

「あの……」

おれをはさんで背後から羽野が尾長さんに話しかける。

「下の階で昨日から地産地消フェアみたいなの、やってました」

「どういうことだ？」

「ここの特産品とか集めて、地元農家さんが主体でやってるイベントっぽかったです。昨日の夜、ぼくちょっと寄ってみたんですけど、けっこういろいろな野菜があって試食もおいしかったですよ。それ、なにかに使えないかなあって」

「なにかって……」

尾長さんもおれもすぐに頭がまわらないでいると、ふだんおっとりしている西崎さんがものすごい勢いでやってきて、眼光鋭く云い放った。

「味噌は？」

「あ……ったと思います、確か」

「そう。味噌とジャムとマヨネーズと……うん、いけるわね。尾長さん、それでジャムディップをつくりましょう。あとは地元野菜をいろどりよく、生野菜スティックか、できれば蒸し野菜……は蒸し器がないからむずかしいけれど、レンジをどこかでお借りしてそれで。夜用はワインもチーズもあるし、うん、なんとかなるでしょう」

「大丈夫ですか、西崎さん」

もともと火を使わない簡単な調理を前提にしているので道具も最小限しか持ってきていない。急なメニューの変更は大変だろうとおれは心配した。

「なに云ってるのよ、高城くん。大丈夫にするの、それが仕事でしょ。そうやってこれまでだってお互い助けあってきたじゃない」

西崎さんは表情をゆるめ、「それにわたし、アレンジは得意なのよ」とつけ加えた。

そうだった、とおれは小さく頷く。

「さあ、じゃあ、下の会場にいって主催者に購入した野菜と味噌をイベントに使わせてもらえるよう交渉してみて。わたしはレンジをお借りできないか、ホテルの人と話してみるわ」

「はい」

おれと羽野は急いで階下におりていく。必死の形相で会場の主催者に会わせてほしいと訴えると何事かと驚かれたが、会社名を口にするとわりとすんなり話をさせてくれた。どうやら昨日、羽野が名刺を渡して帰っていたらしかった。

「どうでしょう。せっかくの機会ですので、わが社のジャムとそちらの野菜をコラボさせていただくというのは。もちろん野菜のご紹介もさせていただきますし、ご納得いただけるとこちらとしても非常に助かるのですが」

そんな風にお願いすると、よく陽に焼けた主催者の男性はにこにこと笑いながら、「いいですよ」と快諾してくれた。

「どんな形でもうちの野菜を使っていただけるのはありがたいことです。お互いの宣伝にもなるし、悪くない話ですね」

「ありがとうございます！」

一礼し、さっそく野菜を選んでいく。どれも色の濃い、ちゃんとお陽さまと土のにおいのする野菜たちだった。途中で西崎さんも選定に加わった。西崎さんは野菜以外にも味噌やハチミツなどを味見しながら次々に決めていった。そのてきぱきと揺るがないうしろ姿を眺めながら、ほんとうにお母さんみたいな人だなと思う。とはいえ、そこまで歳が離れているわけではないので、本人に云ったら怒られるかもしれないが。

空いた段ボールに食材を詰めてもらい、羽野と一緒に運んだ。エレベーターを待つ間、黙っていられずおれは訊いてみた。

「おまえ、昨日の夜、みんなとの食事会に参加しないでこんなところにいたんだな」

「あ、うん」

「どうしてだよ」

「え」

「尾長さんが全員を誘ってたの、聞こえてたよな?」

こんなことを云える立場でないことはわかっているのに、どうしても責めるような口調になってしまう。

「聞こえてたよ。けど」

「けど、なんだよ」

エレベーターの扉が開き、前に進む。段ボールには野菜がぎゅうぎゅうに入っているのでけっこう重い。胸の高さで抱えた箱から飛びでた大根やらネギやらとうもろこしやらのすき間から、羽野がこっちを見つめている。きれいな瞳だな、と素直に思う。

「その集まりにぼくはいるかなって」

「いるだろ、当然」

「んー、高城くんが云うのならそうだったのかもね。でもまあ、こっちのほうがおもしろそうだったし」

協調性の欠片《かけら》もない云いぶんにおれは呆れた。呆れている間にエレベーターは一階上に到着した。扉が開くと同時に羽野は小さく、よっこらしょ、と段ボールを抱え直してすたすた歩いていく。返事を待つ気はないらしい。そしておれは返事どころか、あいつのアイデアに助けられたお礼を云うタイミングを失ってしまった。

イベントは結果的に大盛況のうちに終わった。即興とはいえ地産地消フェアとコラボさせてもらった相乗効果で思いがけず客の流れがこちらにも向いたのだ。それも一般客だけでなく、野菜を仕入れている各方面の業者さんにも関心を持ってもらえたのはうれしい誤算だった。準備のごたごたを差し引いても実りあるイベントになったのは間違いない。結果オーライというやつだった。

羽野に借りができたと思いつつ、おれは結局それを返さなかった。あのあと数年一緒に働いて、あいつの穴を埋めたことならいくらでもある。突然羽野が会社を辞めたときもそうだ。だからとっくの昔に借りは返したと云ってもいいんだとは思う。けれどもそれはおれの中で似て非なるものだった。だからまだ返してはいない。できれば未来永劫《えいごう》返したくはなかったのだ。

でももうその願いは半分叶ってしまった。返したくても返せないのだから。それともおれは返しにきたんだろうか。

今日ここにきたことが、羽野に借りを返すためだと自分に云い訳するために。


葬儀場から駅へと向かう道程で、石月元課長に声をかけられた。

「高城くん、コーヒーでも飲んで帰らない？」

「あ、はい。えっと……」

おれは口ごもった。なんと呼びかけていいかわからなかったからだ。

「名前、石月のままだから。もともと仕事は旧姓でしてたの。だから離婚しても石月のまま」

そうなのか。葬儀の間ずっとどう話しかけていいか迷っていたので自分から云ってもらえて助かった。

「石月課長」

「課長もいらないわよ」

「そうでしたね……石月、さん。いいですよ、どこか店を見つけて入りましょう。寒いですもんね」

「ええ」

駅近くの目についたカフェに入りほっと息を吐く。店内にはクリスマスの曲が流れている。

コートを脱ぎ、向かいあって腰をかける。注文をすませて改めて周囲を見まわすと、喪服の男女はいかにも場違いだった。

「すみません、もう少し店のチョイス考えるべきでしたね」

「今日はどこもこんなもんでしょ。辛気くさくならなくてちょうどいいわ」

さばさばした口調は以前と変わらない。ここまでひとりできたんだろう。おれもそうだった。このまま息を詰めるようにして黙って帰るよりも、なにかをちょっとだけ発散して帰りたかった。その相手としておれを選んだ石月さんの気持ちがなんとなくわかるような気がした。

「会社関係できてたの、おれらだけでしたね」

もう上司ではないので「おれ」とくだけた口調で話しかける。

「そうね。隣の県だし、羽野くんが辞めてもう何年も経つしね。それにしても高城くん、あなたもよくきたよね」

「どういう意味ですか？」

「だってあなた、羽野くんのこと嫌っていたでしょう？」

あまりにてらいなく云うので、ごまかす気持ちも失せてしまった。

「嫌いですよ。今も昔も変わらず、ずっと」

「わたしもよ」

「なに云ってるんですか」

おれは片眉をあげながらコーヒーをひとくち啜った。

「ふたりがつきあってたこと、おれ、知ってるんすよ」

「そっか。うまく隠してたつもりだったけど、ばれてたか」

「ばればれですよ。といっても気づいてたのは部内で数名だったと思いますけど」

当時もすり合わせたことはないから正確に把握していたわけではないけれど、見て見ぬふりをしていたのはたぶんそれくらいだったと思う。

「石月さんが会社辞めたの、羽野が辞めてけっこうすぐでしたよね。だからてっきり……」

「違うわよ」

口に含んだコーヒーを吹きだしそうな仕草をすると、慌てて飲み込んでから石月さんはからから笑った。黙っていると冷たそうな美人なのに笑うと急に親しみやすくなる、そういうところも全然変わっていなかった。

「あなたが考えてること、きっとどれもハズレ、残念でした」

「すみません」

やんわりと口を封じられてしまった。だけど石月さんの云うとおりだった。石月さんが羽野と不倫していたことも、羽野が会社を辞めてすぐに今の奥さんと結婚したことも、石月さんがそのあと離婚し退職したことも、要するにふたりの問題なのであって、おれが口出しすることではないのだ。

「高城くん、奥さんとはお知りあいだったんじゃないの？」

「あ、いいえ。ていうか、あのときのイベントにいらっしゃったみたいなんですけど、おれのほうが全然覚えてなくて……。それどころじゃなかったというか」

「あれ、大変だったものね。わたしが販促部に異動して最初のころだったかしら？」

「そうですよ。羽野が泊まりの出張イベントに初参加のときだったから。おれからすれば、あの羽野が、ですからね」

「確かに、あの羽野くんが、よね」

羽野の奥さんという女性をおれは今日やっと見ることができた。あの日の地産地消フェアの野菜を生産していた農家さんのひとりだったとイベントのずっとあとで聞かされた。そこであいつと顔見知りになったらしいが、そこからなにがどうなって結婚に至ったのか、くわしい経緯までは知らない。そのころ向こうはシングルマザーですでに子どもが三人いたらしい。羽野とは再婚だったという話だ。

「そういえば石月さん、教えてくださいよ。どうやって羽野を説得したんですか？　どんな魔法を使えばあいつの鉄壁の猫ルールを崩せたのか、とにかく不思議でたまらなかったんですよ」

「魔法なんて使ってないわ、ただ地道に説得しただけで」

「ほんとうにそれだけ？」

「ええ」

ほほえみを浮かべる石月さんはあいかわらず見事にすきがなかった。ぎりぎりまで近寄らせてくれるのに腹の底はけっして見せない、心にも触れさせない。弾力のある透明なゼリーみたいなものに包まれた人。こんな人がどうして羽野とああいうことになったのか、おれにはやっぱりわからなかった。

「あいつ、けっこう頑固でしたよね」

「だったよね」

「協調性の欠片もないし」

「ほんとにそう」

「いつもぼくは関係ありませんってとぼけた顔で」

「ずるいのよ」

石月さんがすっと目を伏せて云った。「羽野くんは、ずるい人なの」

戸惑ったおれは目を瞬《しばた》いた。今のは石月さんの本音だろうか。表情を読みとろうとするとまたにっこり笑いかけられた。

「羽野くんの悪口云ったらちょっとすっきりしたわ。だけど死者にムチ打つわたしたちってけっこうひどいわよね」

「いいんじゃないですか。あいつ、たぶん、自分が死んだことにもまだ気づいてないっすよ」

ホームから落ちそうになった息子を助けて自分は電車に轢《ひ》かれるなんて、なんていうかできすぎていた。おれを助けたときだって、羽野が意図してやったことではない。いつもみたいにさぼって逃げて、たまたま飛びこんだ先がみんなの役に立っただけだ。だから今回だって同じようなものだったんじゃないか。あいつは死ぬ気なんてなかった。おれを助ける気なんてなかった。だからあいつに恩を感じる必要もないのだ。

「高城くんはほんとうに羽野くんのこと、よく見てたね」

くすりと笑う。今度は防御の笑顔ではなかった。

「そりゃあ、いろいろ目障《めざわ》りだったから……」

「あなたは羽野くんのことが大好きだった」

「だ——」

思わず絶句する。なにを云いだすんだ、この人は。ほおが熱い。誤解を解かなければと焦る気持ちが先に立ち、変な間ができてしまった。

「……さっきと云ってること、真逆っすよ」

「そうだね、ごめんごめん。人って自分のこともわからないんだから、他人のことがわかるわけないか」

そう云って席を立つ。

「でもどうしてだろうね。奥さんのことはなんとも思わなかったのに、高城くんを見てるとなんだか妬《や》けちゃった。じゃあ、帰るわね」

「はい、石月さんもお元気で」

なんのためらいもなくお互いの右手が差しだされ、おれたちは軽く握手を交わした。コーヒーとあいつの悪口であたためられたおれと石月さんの手のひらは同じ温度だった。颯爽《さっそう》と去っていく彼女のうしろ姿をカフェのガラス越しに見送りながら、おれは心に決めた。

羽野に借りは返さない。未来永劫、絶対に。

断言するけど、おれは羽野未知生のことが大嫌いだ。

第四話　白色の国のアリス

わたしが仕事用にひとつ別の部屋を借りたいと云ったとき、夫がどんな表情をしていたかよく思いだせない。たぶんわたしは微妙に視線をそらしていたのだろう。そうしながらも、いつものように笑顔を貼りつかせるのだけは忘れなかった。どうせ許可はおりないだろうとはじめからあきらめていたのに、思いがけない昇進で気が昂《たか》ぶって前々から考えていたことをつい口に出してしまった。

「いつまで？」

と、夫は静かに訊いた。

予想していない質問だった。期間なんて考えていない。できればずっと、と答えたい気持ちを抑えて「そうね」と思案するふりをした。

「異動になってしばらくはいろいろ覚えなきゃいけないこともあるし、部に慣れるまではそれなりにかかると思う。あ、もちろん、ふだんはちゃんと帰ってくるわよ。家事も今までどおり。そうね、月に二、三回くらいかしら、泊まるのは。どうしても遅くなるときだけ、終電に間に合わないとか、つきあいで飲みになったとかね。朝もはやいし、ここまで帰ってくるとじゅうぶんな睡眠時間もとれないから」

「睡眠は大切だね」

「でしょう？　蓮《れん》も高校生になって自分のことは自分でできるようになったもの。少しは手が離れたから安心よね。家計の負担にならないように会社の近くでできるだけ安いアパートを探してみるわ。そうね、それから……」

意味もなく「そうね」をくり返し、質問されたこと以外をべらべらしゃべる自分に少しいらだつ。頭の中で何度もシミュレーションしてきたことを一気に吐きだそうとするからこうなってしまう。わかっているけどとめられない。会社では要領よく整理してから話すよう心がけている。でないとすぐに女は話が長いなどと陰口を叩く輩《やから》がいないとも限らないからだ。仮想敵相手ならいくらでも冷静に作戦を立てられるのに、夫の前となるとそうはいかない。口をはさまれる前に云うべきことを云ってしまわなければと焦りが募《つの》る。

「いいんじゃない？」

「え」

「きみもますます責任ある立場になるわけだから、家庭よりも仕事を優先せざるをえないことも多くなるんだろう。ぼくも蓮もてきとうにやるから、きみも好きにしたらいいよ」

「ほんとに？」

郵便はがき

料金受取人払郵便

牛込局承認

5517

差出有効期間
2025年6月
2日まで

162−8790

新宿区東五軒町3−28

㈱双葉社

文芸出版部 行

ご住所	〒		
お名前	(フリガナ)	☎	
		男・女・無回答	歳
メールアドレス			

ご購読ありがとうございます。下記の項目についてお答えください。
ご記入いただきましたアンケートの内容は、よりよい本づくりの参考とさせていただきます。その他の目的では使用いたしません。また第三者には開示いたしませんので、ご協力をお願いいたします。

書名（　　　　　　　　　　　　　　　　　　　　）

●本書をお読みになってのご意見・ご感想をお書き下さい。

※お書き頂いたご意見･ご感想を本書の帯、広告等（文庫化の時を含む）に掲載してもよろしいですか？
1. はい　2. いいえ　3. 事前に連絡してほしい　4. 名前を掲載しなければよい

●ご購入の動機は？
1. 著者の作品が好きなので　2. タイトルにひかれて　3. 装丁にひかれて
4. 帯にひかれて　5. 書評・紹介記事を読んで　6. 作品のテーマに興味があったので
7.「小説推理」の連載を読んでいたので　8. 新聞・雑誌広告（　　　　　　　　）

●本書の定価についてどう思いますか？
1. 高い　2. 安い　3. 妥当

●好きな作家を挙げてください。
（　　　　　　　　　　　　　　　　　　　　）

●最近読んで特に面白かった本のタイトルをお書き下さい。
（　　　　　　　　　　　　　　　　　　　　）

●定期購読新聞および定期購読雑誌をお教えください。
（　　　　　　　　　　　　　　　　　　　　）

「ああ。しばらくの間だろう？　なんとかなるよ」

「……ありがとう」

夫がどれくらいの期間を「しばらく」と捉えているのか、こわくて訊けなかった。

いくつか物件を見てまわり、会社近くに無事アパートを借りることができた。築年数は古いが、あたらしいオーナーに代わってからリフォームしたのだという。部屋ごとに壁の色が違うんです、ちょっと珍しいですよね、と不動産屋は説明した。そのオーナーはいわゆる芸術家肌の自由な発想の持ち主らしく、わたしは若干そこにひっかかりはしたものの、とにかく細かいことは気にしない人だというから早々にそのアパートに絞って空き部屋を見せてもらった。

クリームイエロー、あわい桜色、ミントグリーン……といかにも女性が好みそうな部屋を順に紹介されてもいまいちぴんとこなかった。白くなければなんでもいいと思いつつ、残った最後の部屋のドアを開けると、そこは灰青色《はいあおいろ》の世界だった。寒々しさとなつかしさが混在した摑みどころのない色彩に心が凪《な》いだ。

「ここにします」

即決だった。

仕事用に寝泊まりするだけの部屋だと夫には説明したけれど、わたしはここを自分だけの小さなお城にしようと決めていた。異動したてで忙しいのはほんとうだったし、通常は家に急いで帰らなくてはならないから時間も限られている。それでもはやくあがれる日は帰宅の電車をわざと遅らせアパートに寄った。家具もほとんどない部屋でぽつんと置かれたアンティークチェアに座りコーヒーを一杯飲む、それが至福の時間だった。

そんな誰にも教えたくなかった隠れ家にどうして部下である羽野くんを呼ぶことになったのか、すべてはグレコのせいだった。

グレコとは彼が飼っている猫の名前だ。わたしが課長に任命された販促部には奇妙なルールがあり、部内のほぼ全員の個人的事情になぜか前任者の古波課長が精通していて、その事情によって仕事の配分が決められていたのだ。それをはじめて聞いたときには正直戸惑った。部下のプライベートに首を突っ込みすぎている、それでは不公平と感じる者も少なくないだろう、と。そう判断してさりげなく何人かに訊いてまわった。すると意外なことに反対派は少なかった。着任して日の浅いわたしに本音を云いづらいのかもしれないと思う一方で、なんていうか、部内にはすでにゆるやかな連帯ができあがっていて、お互いを補うことにあまりストレスを感じていないような空気があった。古波さんがそれだけみんなに慕《した》われていたという証拠なのかもしれない。

率直に云ってやりにくかった。新参者がこの空気に溶けこむには苦労する。ルールを大きく変えるのではなく、締めるべきところは締めていく、そういう作戦でいくしかなさそうだった。

地道な根まわしのかいもあって、明らかに不平等とみなされそうなものはある程度とり除けた。その中で残っていたのが羽野くんの猫ルールだった。これについては部内にも疑問を持っている者が何人かいた。販促部に移って一年あまりの高城くんなんかは露骨《ろこつ》に嫌そうにしていた。わたしもさすがに宿泊出張全般から羽野くんを外すのはやりすぎだと考えていた。小さな子どものいる社員ですら年に何度かはお願いしているのだ。猫のあずけ先を含めてどうするか、一度ちゃんと話してみないといけないだろう。

わざわざ呼びつけて逃げ場を封じるようなやりかたはあまり好まなかった。それでなくても女性の上司は敬遠されがちだ。威圧感を与えてもだめだけどなめられてもだめ、その塩梅《あんばい》はけっこうむずかしい。ヒールのかかとを鳴らしながら部下を呼び捨てにして闊歩《かっぽ》する女性上司がかっこいいと思われていたのは遠い昔のおとぎ話、今はそんなことをしても誰もついてはこない。男性以上に論理的で感情に流されず、なおかつフレンドリーな面をあわせ持つことが肝要なのだ。

休憩室でコーヒーを淹《い》れている羽野くんの姿を見つけ、近づいた。幸い他に誰もいない。休憩中に仕事の話をふるのはご法度《はっと》だが、手短に雑談程度に訊ねるくらいならいいだろう。羽野くんが気配に気づいてふり返った。

「あ、石月アリス課長、お疲れさまです」

「……お疲れさま」

なんでフルネーム？

頭の中にクエスチョンマークが浮かぶ。アリスは本名で、わたしは自分のこの名前があまり好きではなかった。今では名刺を出せば会話のきっかけにもなるし覚えてもらうのもはやいからと前向きに捉えるようにもなったけれど、若いころはアリスちゃんなどと小莫迦にされたように呼ばれたり見下されたような態度をとられたりといいことがなかった。羽野くんよりわたしは十歳近く年上で、そもそも上司なのだ。フルネームで呼びかける行為になにか意図があるのかと疑いたくもなるのは当然だろう。

「羽野くんさ、猫を飼ってるんだよね」

気をとり直して笑顔で話しかける。相手の警戒心を解き、交渉のハードルをさげさせる、笑顔はわたしの最大の武器だった。

「あ、はい」

「かわいい？」

「たぶん」

自信なさそうに答える。

「たぶんなの？」

わたしはほがらかに笑った。羽野くんもつられて笑うだろうと思った。けれども困った顔をして、「かわいいって安易に使うと怒られちゃうからなあ」と呟いた。いったい誰の話をしているのかと思ったけど黙っていた。

「羽野くん、泊まりがけの出張はむずかしいって聞いてるけど、今もそう？」

「えーと、はい、すみません」

「猫のあずけ先が見つからない？」

「まあ」

飄々《ひょうひょう》としているので、心から申し訳なく思っているのか見分けがつかない。あずけ先も本気で探したことがあるのかどうか。

「もったいないよね。宿泊のイベントとか研修とか、けっこう勉強になるし気分転換にもなるし、いって損はないと思う。どうしたらいけるかな」

相手に答えをあずけて出方を窺《うかが》う。主体的に導きだされた解決法なら押しつけにならないうえに本人の負担も軽いはずだった。

「そうですね……」

羽野くんがじっと考え込む。わたしは答えを待ちかまえていると思われないように、自分のぶんのコーヒーを淹れはじめた。壁際のコーヒーマシンにカップをセットしていると、背後で「あ」と声があがった。なにか案でも浮かんだのだろうと放っておいたら、羽野くんはわたしに向かってこう云った。

「石月課長、ゆっくり屈んでください」

「え、なに」

「もうちょっと、下向いて。動かないで」

中途半端な姿勢で首をすくめ、ふり返っていいものかどうかもわからなくて床を見つめる視線が揺れる。蜂などの危険な虫でも飛んできたのかと身体がこわばった。誰かにじっとさせられるのがわたしは苦手だった。わずかな時間が途方もなく長く感じられる。ああ嫌だ、と思った。ここはアトリエじゃない、会社なのだからしっかりしなければ。

髪の毛に触れられる。やさしい手つき。ほんの数秒のことだった。

「はい、とれましたよ」

「え」

はじかれたように顔をあげ、羽野くんがつまんだものに焦点を合わせた。白い糸くずのようなものだった。髪についていたゴミをとってくれたのだと理解しても、胸のどきどきはおさまらなかった。

「あ、ありがとう」

「いえ」

羽野くんはほほえんで云った。ここで笑うのか、と力が抜けた。

案外あなどれない人なのかもしれない、羽野未知生という人は。

夕食を終えて三人分の食器を片づけひと息吐いていると、夫がキッチンに顔を出して「ちょっといい?」と訊いてきた。

「あ、うん」

「あとでアトリエへ」

「わかった」

今日は疲れている、明日にしてくれないかとは云いだせなかった。断れば不機嫌になるのは目に見えていた。そう考えると夫の不機嫌につきあうほうが面倒だった。それに明日のわたしが今日よりも疲れていない保証はどこにもないのだ。

疲れていることはわたしにとって悪いことではなかった。くたくたになるまで働き、帰ってからも家事に追われ、気絶するように眠りにつく、それはある種の充足感だった。云いかえれば、余計なことを考えなくてもすむ時間。体力が続けばわたしはずっと動いていたかった。ほっとするのはここでなくていいのだ。わたしの小さなお城、わたしだけの空間、あの部屋を失わないためにもアトリエにいかなくてはならない。

夫は売れっ子のイラストレーターで自宅の隣にアトリエをかまえている。そこに入ったことがある人はまず部屋が大きくふたつに分けられ、まるで異なった空気を醸《かも》しだしているのに驚くだろう。大きなモニターやプロ仕様のタブレットなど種々のデジタル機器を揃えた無機質な作画スペースと、木製のイーゼルを中心に独特のにおいが漂う油絵のスペースのふたつだ。もとは大学で油絵を専攻していた昔の夫を知る人はそんなに違和感がないかもしれない。けれども現在の夫の仕事ぶりしか知らない人にとっては、半分は理解できても残り半分は夫以外の別の人物のものと勘違いしてもおかしくはなかった。現に夫婦の共有スペースだと信じている人もいた。油絵は素人《しろうと》の奥さんの趣味というわけだ。

時代の潮流にのり、常に若者たちの心を摑んできたポップテイストな画風の彼と、誰にも求められていない油絵を描き続ける彼。わたしだってほんとうのところ夫の頭の中がどうなっているのかわからない。

アトリエにいくと夫はおらず、いつものソファの上に薄手のワンピースが投げ置かれていた。今夜はこれを着ろということだろう。あわいグリーンのぺらぺらした生地のワンピースはなにかの抜け殻《ぬけがら》のように見える。夫がやってくる前にと手早く身につけソファに座る。見ている前で着がえさせられるのは夫婦とはいえ屈辱だった。いや、それを屈辱という言葉で表すのなら、こうして絵のモデルをさせられているすべての時間を屈辱的だとわたしは感じていいはずだった。

「じゃあ、はじめようか」

「……」

いつの間にかそばにきていた夫が無表情にポージングを決めはじめた。わたしは身体の力を抜き、デッサン人形になったみたいにあらゆる関節を開放する。なにも考えず、この時間が過ぎればいいと思う。抜け殻を着た瞬間からわたしはただのがらんどうになったのだ。

夫の油絵のモデルは結婚前からずっと続いている。恋人同士のころ、自分はなんてしあわせなのだろうと思った。彼の運命の相手になれたことはわたしの誇りだった。結婚して蓮がおなかにいるときもそうだった。日々ふくらんでくるおなかを愛おしそうに撫でながら、真剣に絵筆を動かす夫と時おり目を合わせほほえんだ。画家とモデル。そこには慈《いつく》しむ者と慈しまれる者との魂の交流のようなものが確かにあったのだ。

　職場への復帰を目指し子育てに奮闘する間、夫はなにも云わなかった。当然モデルをするような余裕はなく、夫はアトリエにこもってひとり着実にキャリアを積んでいった。描きかけのわたしの絵は放置され、やがて画材とともに白い布をかけられた。わたしは自分がひとつの役目を終えたのだと思った。これからは母親として生きていくのだと。

　蓮をあずける保育園が決まり、育休明けの出社日が近づいたある日、夫が唐突に「もう、いいかな」と訊ねてきた。なにを質問されたのかわからず、わたしは戸惑った。もしかして復職をあきらめろと云っているのだろうか。だとしたらこんな直前になって云われても無茶というものだ、どうしようと悩んだ。主婦業も育児もいたらないところはあるだろうけど、わたしは職場にもどりたかった。産休育休に入るときはそこまで思わなかったが、外の世界から隔絶された時間は想像以上に長くつらかった。仕事をすることで自分は社会に置きざりにされていないと証明したい、そうすることでますますがんばれそうな気がしていた。

　職場復帰を反対されたわけではないとわかると心からほっとした。夫は油絵を再開したいと訴えてきただけだった。安心したわたしはひさしぶりのアトリエに蓮を抱いて入った。蓮はわたしの腕の中ですやすやとよく眠っていた。その姿を認めた途端、夫の顔がくもった。どうして蓮を置いてこないんだ。それじゃあ、モデルにならないじゃないか。

「そんなの無理に決まってるじゃない」

わたしは驚いて云った。二歳にも満たない蓮を家に置いてくるなんて考えられなかった。フランスの赤ちゃんは生まれて間もなくひとり寝させられるのがふつうだ、というのが夫の云いぶんだったが、もちろんわたしはそれを突っぱねた。てっきりモデルは蓮と一緒にするものと思っていた。でも違った。妊娠中のわたしを描いたように、このさきの家族の幸福な記録を絵に残したいのだと。彼の中でモデルとしてのわたしの役目はなんら変わってはいなかったのだ。

そろそろ片づけようかと考えていたベビーベッドをアトリエに持ち込み、彼はあきらめることなく再開した。それは文字どおり再開で、描きかけのキャンバスに夫はなんのためらいもなく筆を入れた。上半身のわたしの横向きの姿だ。そこに出産間近の大きなおなかは描かれていなかった。蓮を産む前とあとと世界が変わるほどの違いをわたしは感じていたというのに、それがすべてなかったことのようにすっぱりと切りとられた構図に今さらながら空《そら》おそろしさを覚えた。わたしたち家族の時間とは別に、彼の中では連続したもうひとつの時間があることをそのとき知った。

わたしはモデルをしている間、もう夫と目を合わせることはなかった。蓮はすくすくと成長し、仕事も順調にこなして出世していった。モデルさえおとなしくしていれば夫がわたしのすることに文句をつけることはなかったし、家庭内は平穏無事におさまった。不機嫌になるのは体調が悪くてモデルを断ったあとの数日くらいだった。それすらも態度や発言の端々に表れはするが、直接暴言を吐かれたり暴力をふるわれたりしたことはない。だったらちょっとの間我慢すればいいのだ、と安易に考えた若い自分を責めることはできなかった。

　夫のイメージする衣装に着がえ、ひたすら無となりじっと動かずにいる。魂の交流なんてもはや存在しない、わたしは観察される側、ただの人形なのだった。それがたまらなくなって一度友人に愚痴をこぼしたことがある。すると彼女はわたしのことをぜいたくだと決めつけた。旦那さんに絵のモデルをしてほしいと乞《こ》われるなんてうらやましいかぎりよ。ずっと女として扱ってもらえるだけありがたいと思うことね。そんなことを他の人に云ってごらんなさい、夫婦円満をひけらかしているだけだと妬まれるのがオチだから。

　そう考えていたのは彼女自身に違いなかった。けれどわたしは反論することなく、その言葉をありがたく受けとることにした。当時一番仲のよかった友人でさえこうなのだ。それ以外の誰に悩みをうちあけたところで、求めているような答えが返ってくるはずもなかった。

「あ」

「なに？」

「ごめん、ちょっとトイレにいってもいい？」

「……いいけど」

なにも考えずにいようとしたのについあれこれ思いだしてしまい、集中力が切れてしまった。人形からふっとわれに返り人間にもどると同時に尿意を覚えた。我慢できないほどではなかったが、いつまでこの姿勢が続くかと思うといっておきたい気がした。急いでそばにあったカーディガンを羽織り、小走りでアトリエを出る。中断は夫がもっとも嫌う行為のひとつだったが仕方がない。このワンピースが薄すぎるのだ。若いころならともかく、今のわたしの年齢に冷えはかなりこたえる。そんな女性の身体の生理にも夫はうといに違いなかった。

家でトイレをすませ、キッチンであたたかいものを飲んでからもどろうとほうじ茶を注いでいるとスリッパの足音が聞こえた。しびれを切らした夫かとふり向くと、そこに立っていたのは蓮だった。慌ててカーディガンの前をきつく合わせる。高校生になったばかりの息子に見せたい姿ではなかった。

「蓮も飲む?」

かろうじてつくり笑顔で問いかけたわたしを背の高い蓮は冷たく見おろした。

「いらない。まだやってるの、父さんのモデル」

「まあね、今は休憩中」

「場末のホステスみたいな恰好だね」

「蓮こそ、場末のホステスを知ってるの?」

「知らないけど、小説とかドラマとかによく出てくるじゃん、そんなイメージ」

「……あたらずといえども遠からず、かな」

　息子にそんなことを云われてショックではあったものの、つい声に出して笑ってしまった。自分に対する自虐の笑いと、いっぱしのことを云うようになった息子に対する感嘆めいた笑いの両方の意味だった。

「嫌ならやめたいって云えばいいのに」

「うーん」

「云えない人じゃないはずだよね、母さんは」

　ばりばり外で働いている母親を見て、蓮はそんな風に思ってくれているのだろうか。わたしだって同感だ。アリス、あんたはそんなんだったっけ？

「どうしてだろうね」

　ごまかすみたいにひとくち啜り、その熱さにかあっとほおが火照《ほて》ったようになった。

　ドアの前に立つ羽野くんを見て、ほんとうにきたんだ、と思った。自分がくるように命じたくせになにを云ってるんだかという感じだった。

「これってパワハラかな？」

　急に心配になってきた。

「さあ、わからないですけど」

羽野くんも困ったように首をかしげる。

「まあ、いいわ。とにかく中に入って」

「はい」

ペット用のキャリーバッグとは別に大きな紙袋をふたつ提《さ》げている。紙袋のほうを受けとろうとすると、「重いですよ」とやんわり断られた。結局すべて部屋の中まで羽野くんが持って入った。うろうろと荷物の置き場を探しているみたいに見えたので、「どこでも好きなところに置いて」と声をかける。

「ここはわたしの仕事部屋で借りてるだけだから他には誰もいないし、大家さんもうるさくないのよ」

「そうですか」

「羽野くんもてきとうに座ってね」

ものがあまりない部屋なのでカーペットにじかに座ってもらうしかないだろう。一脚しかないアンティークチェアに腰かけるのはさすがに気が引けるに違いない。

「ここまできておいてなんですけど、ほんとうに試すんですか」

立ったまま、羽野くんが訊ねた。双方が「ほんとうに」と強調したくなるような状況なのだと改めて思う。わたしだってどうしてこんなことになってしまったのか自分でもよくわからない。休憩室で猫のあずけ先の話をしている途中からすっかりペースが狂ってしまった。わたしが冷静じゃなくなったのは、羽野くんが変なところで笑ったからだ。なんだか脱力して作戦とか武装とか諸々頭から吹き飛んでしまった。それでつい口走ってしまったのだ、猫ならわたしがあずかる、と。

「もちろん」

簡潔に、口角をくいと持ちあげて答える。これで少しは自信がありそうに見えただろうか。

「云ったでしょ。猫の扱いには慣れてるの、実家でずっと飼ってたから。教えられたトイレもちゃんと同じものを用意したのよ」

「それは、ありがとうございます」

ぺこりと頭をさげると、キャリーバッグからかすかに、ミャア、と鳴き声が聞こえてきた。同意か不満か判断はつきかねたが、わたしはもっともらしく云った。

「ほら、はやく出してって云ってるわよ」

「あ、はい」

羽野くんはやっとキャリーバッグを肩からおろし、ゆっくりとファスナーを開けた。わたしはさっと部屋のドアを閉め、猫が逃げださないように備える。けれどもいくら待っても飛びだしてくる気配はなかった。待ちきれずに中をのぞき込む。するとそんなに大きくもないバッグの奥に猫がまん丸な目をしてへばりついていた。

「か……かしこそうな子ね。名前は？」

休憩室で羽野くんがかわいいと安易に使うとよくない云々《うんぬん》とぶつくさ呟いていたことを思いだし、慌てて云いかたを変えた。

「グレコです。拾ってきたとき灰色だったからグレイって呼んでたんですけど、女の子だとわかってからはいつの間にかグレコに」

「でも、白いよね？」

「洗ったら白くなったんです。すっごく汚れてたんではじめ灰色に見えただけだったみたいです。あ、けど、全身まっ白なわけじゃなくてしっぽだけは灰色のままで」

「へえ」

そのしっぽとやらを拝んでやろうと思っても、グレコは固まったように動かない。内心先が思いやられるとため息を吐きそうになりながら、わたしは口調だけはてきぱきと話を進めた。

「じゃあ、とにかく説明してくれる？　羽野くんが仕事に遅れるとまずいから」

「あの、石月課長、無理しないでくださいね」

「大丈夫よ。わたしが云いだしたことなんだから。それより、これでもしうまくいったら……いいわね？」

「わかってます」

羽野くんは神妙な顔で頷いた。明日の朝まで試しにあずかって、グレコがちゃんとごはんを食べたらわたしの勝ち、すなわち次回から羽野くんは宿泊出張にいかなければならない、そのときはまたわたしにあずけるという約束だった。半ば強引に取りつけた約束にもちろん羽野くんは難色を示した。うちの猫、気むずかしいのでたぶんだめだと思いますよ。そう云われてあっさり引きさがるのは上司としての妙なプライドが邪魔をした。大丈夫、今日はそのために有休をとったのだ。

あたらしく買ったトイレに羽野くんが家から持ってきたグレコのにおいの染みついた猫砂を敷く。それからごはんのやりかたの説明、お気に入りのおもちゃやブランケットを受けとった。そこまでひと通りすんでもキャリーバッグに変化はなく、グレコが出てくる様子はない。心配そうに手を差しいれ撫でている羽野くんに向かって、「なにかあれば連絡するから」と会社に向かわせた。いくら近いとはいえ、さすがに上司のわたしが遅刻させてしまうわけにはいかなかった。

慌ただしく羽野くんを追いたてたあと、部屋には静けさがもどった。バッグを覗くとうらめしそうにグレコがわたしを見あげている。恋人同士を無理やりひき離したような罪悪感が残る。機嫌をとるようにおもちゃを見えるところでふってみたけれど、そんなものにたやすくなびくような猫ではなかった。

今さらながらわたしは後悔していた。羽野くんには自信があるような態度を見せたものの、猫の扱いにそれほどくわしくはないのだ。実家で飼っていたのは事実だが学生のころの話で、実際に世話をしていたのはほとんど母だった。自分は気まぐれにちょっかいを出すくらいで、友だちとのつきあいのほうばかりに目が向いていた。それに自分の発案とはいえ、部屋に部下を招きいれたのはやりすぎだった。常日頃から仕事とプライベートは分けるようにしてきたのに、これではぐだぐだもいいところだ。

「やれやれだわ、ねえ、グレコ」

話しかけてももちろん無視。

「いいわ、今夜ひと晩、ゆっくり女同士、語りあおうじゃないの」


わたしがアパートを借りてから、明らかに夫がモデルを頼んでくる回数が増えた。これはある程度は予想していたことだったが、さすがに連日となるときつかった。疲労を充足感と前向きに捉えることさえできないほど、頭も身体もだるく重かった。時にはモデルをしている最中に居眠りしてしまうことさえあった。

「大丈夫?」

そんなとき、夫は決まってこう云う。

「そんなに疲れているのなら、仕事は辞めたってかまわないんだよ」

やさしい口調で妻を気遣うふりをしながら彼はわたしを切る。けっしてモデルをやめてもいいとは云わない。いつもそうだ。夫はわたしがしたいと望むことに反対はしない。無理だと思っていたアパートを借りることさえも認めたのだ。その代わり絵を描く時間が増える。それはつまり観察される時間だ。わたしが降参するのを待っているのか、それとも一緒に過ごす時間を増やしたいという単純な理由なのかわからない。どちらにしろわたしにとって、それはただ苦痛をともなう時間でしかない。ただ黙ってモデルを続けること、透明な血を流しながらも笑って過ごすこと、けっして弱った姿を見せないこと、せっかく手に入れた自由とやりがいを失わないようにするためには仕方ないことだと思ってきた。

でも、それもそろそろ限界なのかもしれない。

「どうしたの、その手の傷」

夫に指摘され、わたしはななめ上方に視線を固定したまま答える。

「猫にひっかかれたの」

「猫？」

訝しげに問い返され、今がポージングの最中でよかったと思う。嘘を吐くのに目を合わせなくていいのは助かった。

「会社の駐車場に近ごろ住みついてるの。休憩時間に撫でようとしたらやられちゃった」

「気をつけないと。野良猫は病気を持ってるかもしれないよ。消毒はした？」

「してないけど、よく手を洗ったから大丈夫よ。そんなに汚い猫じゃなかったわ、むしろきれいな子」

心の中でグレコに「ごめん」と謝る。われながらてきとうなつくり話がするする出てくるものだと感心する。でも途中でつっかえたり考える素《そ》ぶりを見せたりしてはだめなのだ。そんなことをすれば夫はすぐに気がつくだろう。部下の猫をあずかっていたなんて知れたらどうなる。それも男性の部下を部屋にあげたともなれば。彼は絵筆をとめぬまま、アパートを解約してはどうかと云いだすに決まっている。

「今夜はもう終わろう。傷が気になって集中できない。あとできちんと消毒しておくように。はやく治してくれないとぼくが困る」

「……ええ」

まるで汚いものを見るように手の傷に一瞥をくれてから、夫はアトリエを去っていった。わたしはほっと息を吐く。今夜はグレコのおかげではやく休めそうだ。ひっかき傷くらいでいちいち機嫌を損ねる夫の卑小《ひしょう》さに嫌気が差す。いっそ彼がこれまでわたしを切りつけたあまたの傷が目に見えるようになってしまえばいいとさえ思う。そうすれば今みたいにわたしをモデルでいさせようという気は起こらなくなるだろう。どうして夫がわたしに執着するのかわからないけれど、はやくあきらめてくれたらいいと心の底から願う。

着がえをすませ家にもどった。今夜はゆっくりとお風呂に浸かろう。寝室にいくころには夫はぐっすり眠っているはずだった。彼はもうずっと前から睡眠薬がないと眠れない。飲めばだいたい一時間もすれば深い眠りにつく。寝ている夫は無害だ。少々小突いたところで起きることはないし、話しかけても翌朝なにも覚えていない。昔は腹いせに軽くつねったり耳もとで文句を云ったりしたこともあった。でも今はそれすらも面倒だった。こちらから夫に触れたくもないのだ。ともかく目を覚まさずにいてくれたらそれでいい。

手足をのびのびと伸ばして湯に浸かる。グレコにひっかかれた手の甲の傷がゆらゆらと揺れている。あの日、ごはんも食べず水も飲まないままとうとう夜になり、心配になったわたしがキャリーバッグからグレコを無理に出そうとしてひっかかれた傷だ。迂闊《うかつ》に触れれば怪我することは目に見えていた。だけどあずかった手前、どうにかしなければと焦りの気持ちが先に立った。やられたわたしも驚いたが、やったほうのグレコもしまったという表情でこちらを見ていた。それでなんだか落ち着いた。向こうは向こうで必死なのだ。これ以上こわがらせてはいけないとそっと手を引いた。

それからは無視していた。好きな音楽をかけながら自分の食事をつくり、壁際に立てかけていた小さな折りたたみのテーブルを広げて食べはじめた。それが終わると昼間の読書の続き。日中はグレコの様子が気になって何度も中断しバッグの中をのぞき込んでいたがやめにした。物語の後半からぐんぐんおもしろくなってきて、わたしはすっかりその世界に没入していた。

どれくらい時間が経っただろうか、ふと気づくと視界の隅に白いかたまりがちらりと見えた。グレコだ、と思ったが頭は動かさずしばらく気配だけを追った。かなり警戒した様子でそろそろと移動している。わたしは本を開いてうつぶせの姿勢で寝転んでいた。じっと動かずにいると床に接触した両ひじが痛んだ。身体の位置をずらせばきっと音が出る。ページをめくることもできないので、同じ文章を何度も目でなぞりながら気をまぎらわせた。

ちゃぷちゃぷと水を飲む音が聞こえてきて、わたしはゆっくりと首をめぐらした。置いていた水飲み皿にグレコがうずくまっていた。灰色のしっぽをレーダーのように左右にふっている。はじめよろこんでいるのかと思ったけれど、どうやら違うみたいだ。まだ警戒しているのかもしれない。隣に置いていたごはんに顔が向き、ちょっとしてからカリカリという音も聞こえてきたのでやっと安心した。よかった、知らない場所でともかく食べてくれたのだ。

次の朝はやく、羽野くんがやってきた。一晩試したらすぐにひき渡す約束だったので、この日は休みをとってもらっていたのだ。わたしはよろこびを抑えた表情で、食べたわよ、と短く伝えた。すると羽野くんは目を丸くしながら「すごいですね、石月課長」と云った。仕事で誰かにほめられるより何倍もうれしかった。

グレコを入れたキャリーバッグを渡した瞬間、羽野くんがわたしの手の甲を見た。しまった、と思ったが遅かった。

「すみません、こんな……」

云いながら、羽野くんは空いているもう片方の手をすっと伸ばしてきた。傷に触れようとしているのだと思った。はっとして慌てて手をひっ込める。

「大丈夫よ、これはわたしが悪かったの。グレコのせいじゃないから」

早口で云うとますます動揺しているのがばれそうだった。

「でも、けっこう目立っちゃいますよね」

羽野くんは眉をハの字にさげ、隠した手のあるわたしの腰のでっぱりあたりを見つめながら申し訳なさそうに云った。

「平気だってば。それより急いでくれない？　会社に遅れたら困るのよ」

「あ、はい」

少しきつめに云ってしまったと反省したが、羽野くんは気にしていないようだった。そのまま玄関に置いていた残りの紙袋を摑むとおとなしく帰っていった。

わたしはほっと息を吐き、壁に半身をもたれさせた。それから小さく「あ」と声を出し、口もとに手をやった。

もしかしてさっき手を伸ばしてきたのも、この荷物をとろうとしていただけなのかもしれない。わたしは狼狽《ろうばい》した。休憩室で髪に触れられたときのことが頭をよぎり、咄嗟にとげとげしい態度をとってしまったけれど、ただの自分の妄想だったのだろうか。なにをあんな年下の部下に対して意識しているのかと思うと猛烈に恥ずかしくなってきた。

ひとしきり身をよじりながら、あー、とか、うー、とかうなってからわたしは気をとり直した。これしきのこと、なんだっていうのだ。きっと羽野くんは気づいてもいないだろう。わたしは十歳近く年上の既婚者で、しかも上司なのだ。こんなところで女を出してどうする。わたしがもし反対の立場だったらそんな女上司、イタすぎて見ていられない。せっかくグレコと仲よくなれそうなのだから、部内の調和のためにもこのまま何事もなくやり過ごすのだと心に決めた。

グレコが部屋でのびのびとくつろいでいる。時おり毛づくろいをしたり、こちらを見てゆっくりまばたきしたり。たったそれだけのことでとてもおだやかな気持ちになれる。猫という生きものは不思議だとつくづく思う。

近ごろでは名前を呼ぶとしっぽを立てて近づいてくることもあった。機嫌のよいときは、ニャ、と短く返事してくれることも。わたしになついてくれたのか、部屋に慣れたのかはわからない。犬は人につき、猫は家につくというから、この部屋が気に入っただけかも。でもそうであってもかまわない。わたしの小さなお城をグレコが認めてくれたようで、それはそれですごくうれしいのだ。

グレコをあずかるという理由でわたしがアパートに泊まる日は以前より増えていた。もちろん夫に理由は明かしていないが、仕事にかこつけたさまざまな嘘の云い訳を彼がこころよく思っていないのは確かだった。次の日の夜、仕事を終えて急いで家に帰ると、これ見よがしに食べ終わったコンビニ弁当の容器が流しにそのまま置いてあったり、昨日の朝干した洗濯ものがとり込まれもせずにそのまま外で冷たくなっていたりしたからだ。

アパートを借りはじめたころはそのくらいの片づけは夫がやってくれていた。借りる前、仕事で遅くなって仕方なくタクシーで帰宅するような日も。家事に協力的なパートナーといえば聞こえはいいが、彼自身がわたしよりも潔癖症なところがあって、目につくと放っておけないのだった。だからわざわざ放置しているということは、なんらかの抗議の意味があると考えるほうが自然なのだ。高校生になって部活や勉強に忙しい蓮に頼んでも無駄だろう。結局は妻であり母親であるわたしが頻繁《ひんぱん》に家を空けるのがいけないということなのだろうか。

一般的な家庭から見ればそうなのかもしれないと思う一方で、どうしてわたしばかりが我慢しなければならないのかという思いが消えなかった。そんな疑問を抱えたまま、帰ったら帰ったでモデルとして拘束《こうそく》される。自分はいったい何者なのかとだんだんわからなくなってきた。

「グレコ」

不安になって名前を呼ぶと、こちらに背を向けた猫は耳を立て、灰色のしっぽの先だけを小さく動かした。聞いてますよ、という返事だ。けどこない。名前を呼んで近寄ってくるときもあるけど、こないときはこない。絶対こない。猫は自分の気持ちに忠実だ。こちらがどれだけやきもきしようとおかまいなし、さっぱりしたものだ。云いなりにならない存在は今のわたしにとってあこがれだった。

そういえば羽野くんも猫に似ているのかもしれない。次の行動が予測できないところとか、マイペースで自分勝手に見えるところとか。部下としては非常に扱いづらいともいえるが、人としては魅力的だった。自分がそんな風にふるまえないぶん、純粋にうらやましく思えるのだ。

約束どおりグレコをわたしにあずけることになって、羽野くんは泊まりがけのイベントにもちゃんと参加しはじめた。といっても他の社員に帰ってから訊ねると、あいかわらず単独行動をとったりしているようだった。はじめての出張イベントではたまたまそれが吉と出てチームのアクシデントを回避できたみたいだけど、毎回そんなにうまくいくわけもない。羽野くんの協調性のなさはもう少し解決したい問題ではあった。そのあたり目くじらを立てる社員が少ないのはありがたいところとはいえ、やはり続けばどこからか不満が出てもおかしくないと危惧していた。もっとはやくからグレコのあずけ先を確保しておけば、こんな風に悪目立ちすることもなかっただろう。

「あずけるのはわたしじゃなくてもよかったんじゃないの？」

グレコを返す日の夜、わたしは思いきって羽野くんに疑問をぶつけてみた。

「どういう意味ですか？」

「だって羽野くんが云うほどグレコは気むずかしい猫じゃなかったわ。正直に云うけど、わたし、そんなに猫の扱いに慣れていたわけじゃないのよ。でもどうにかなった。きっと別の人が世話をしてもできたと思う。ペットホテルとかシッターとか専門の人に頼んだほうがもっとはやく上手に対応できたんじゃないかって思うし……」

「迷惑でした？」

「違う、違う。そういう意味じゃなくて。誤解しないでよ。グレコと仲よくできてわたしはうれしいの。家では夫がペットを飼いたがらないからすごく新鮮で癒される、もっと一緒にいたいくらい」

「だったら、よかったです」

　羽野くんは安心したように笑った。それから少し考えてためらいがちにうちあけた。

「なんていうか、ぼく、人に頼むの苦手なんですよ」

「ん?」

「他人を信用できないとかではないんです。もっと単純な問題で。誰かにこうしてほしいって云うのって、ともかくエネルギーがいるじゃないですか」

「いる……かな」

「いりますよ。それでひき受けてもらっても断られても、相手から返ってきた反応が百パーセントの気持ちかどうかぼくにはわからない。ほんとうはどうなんだろうって、それを考えるのがだめなんです」

「それはでも、専門の業者だったら仕事なんだし、こっちがお金払うんだからそんなの気にしなくてもいいんじゃない?」

「まあ、お金は多少クッションにはなるでしょうけど、云いだすエネルギーは同じっていうか……」

「むずかしいわね」

わたしには羽野くんの理屈がよくわからなかった。人にものを頼めない性分だというのはわかる。どちらかというとわたしもそういう類の人間だ。けれどもわたしの場合、誰かに頼むよりも自分がやるほうがはやいという理由だった。羽野くんが云っているのはそれとはどうも違うようだ。自分がなにか頼んだときの相手の反応を見るのが苦手だからというのは、とても繊細で遠慮深いようにも思えた。けど見方を変えれば不遜な態度ともとれるのだ。たとえば今回の件だと羽野くんがグレコのあずけ先を誰にも頼まなかったために、周囲の人間が泊まりの仕事を代わりにやっていることになる。そのみんなの負担について羽野くんはすごく鈍感《どんかん》なのだった。

「つまり、あれよね」

「はい?」

「羽野くんは究極の受け身体質ってことだね」

「……………」

ぽかんと数秒こちらを見つめていた羽野くんは「なるほど」と呟いて小さく笑った。なるほど、なるほど。

「そうですね。それ、ピタリ賞です」

「ピタリ賞ってなによ」

「だってはじめてなんです。そんな風にしっくりきたの。そうか、そういう人間になったんですね、ぼく」

云いかたに違和感を覚えた。羽野くんは「だった」ではなく「になった」という表現を使った。それは昔は違ったということを意味しているように思えた。

「じゃあ、わたしが自分からあずかるって云ったからこうなったのね」

「はい」

「あのね、責めるわけじゃないけど、わたしが云わなかったら宿泊出張の件、はじめから解決する気がなかったってことになっちゃうんだけど？」

この部屋では仕事の話は極力しないようにしてきたつもりだった。でもあまりにも泰然自若《たいぜんじじゃく》としている羽野くんを見ていたら、もう少し突っ込んで訊いてみたくなったのだ。

「そういうことになりますね」

「それは……ん？　なんで……あれ？　わたしの質問の仕方がおかしいのか……」

「石月課長はおかしくないですよ。おかしいのはたぶん、ぼくです。だから安心してください」

「安心してって云われても……」

呆れついでに笑ってしまった。なんなんだろう、この人。

「おもしろいですか？」

「ううん、そうじゃないんだけど。ねえ、だったら羽野くんは人に頼むのは苦手でも、人から頼まれたことならやってくれるってこと？」

「まあ、はい」

「なんでも？」

「ぼくが必要だと云ってもらえることなら、たいていのことは」

「恋人になってほしいとかでも？」

「それを求められているのなら」

「冗談よ」

わたしは軽く笑った。いくらなんでもそれは頼めない。

「ひとつ、お願いしたいことがあるの」


わたしが羽野くんにお願いしたのは、絵のモデルになってほしいということだった。もちろん自分に絵心がないのはわかっている。夫を理解したいという欲求でもまったくない。ただモデルという立場を外から眺めてみたかったのだ。わたしは自分が何者かわからなくなりかけていた。だから観察される側から観察する側に立ち位置を変えることで、自分自身を見つめ直せるのではないかと漠然とだが考えたのだ。

この奇妙な提案についても羽野くんはあっさり承諾した。やはり不思議な人だと思った。自分からは行動しようとしないのに、他人の願いは理由すら訊かずに受け入れてしまえる、どうしたらそんな風に生きられるのかわたしにはわからない。底抜けのやさしさにも、底なしのおそろしさにも感じる。本人にその自覚があるのかどうかは別として。

灰青色の壁を背景に、つたない筆運びで羽野くんを描いた。

わたしは夫のアトリエの白い壁が大嫌いだった。彼はいつもなにもない白い空間の中にわたしをひとりきりで置いた。バックを塗らないのではなく、執拗《しつよう》に白い油絵具を重ねる、そういう描きかただった。できあがった絵を見るたび、厚く塗られた波打つ白色に埋まっていくような感覚を覚えた。夫自身、わたしをそうしてつなぎとめておきたかったのかもしれない。あるいは思うようにならないわたしに対するいらだちを単にぶつけていただけなのかもしれない。

「モデルになるってどんな気分？」

一脚しかないアンティークチェアに羽野くんを座らせ、わたしは電球をとり替えるために購入しておいた踏み台に腰をおろし、絵筆を動かした。夫のように油絵は描けないので水彩画だ。

「わりと快適ですよ。なにもしなくていいですし」

「でも動けないの、つらくならない？」

「つらいというか、恥ずかしいです。あまり見られるの得意じゃないんで」

「恥ずかしいのは、わたしに支配されてるように感じるから？」

「ぼく、支配されてるんですか？」

「どうだろ。そういう風には感じない？」

わたしが夫に対して感じていることを羽野くんにぶつけてみる。

「感じませんよ。反対にこうしているほうが石月課長と対等になれたみたいな気がします」

「へえ、どうして？」

わたしはスケッチブックから顔をあげた。

「ぼくもあなたを見ているからですかね」

視線が絡《から》まり、一瞬息がとまる。そらすのはいつもわたしだった。

「羽野くんはななめ上を見てなさい。だんだんポージングが崩れてきてるわよ」

「あ、はい」

筆でてきとうに指した中空に羽野くんは素直に視線を固定する。灰青色の世界にいて、どこか知らない遠くを見つめている羽野くんは、ひとりなのに全然さみしそうじゃない。夫の白い世界に埋められ、窒息《ちっそく》しそうになってるわたしとは違うのだ。ああ、この人はとてもずるい人だ、唐突に思う。孤独で自由で、いつでも自分を明け渡す準備ができていて、こちらからつないでおかないとどこへでもいってしまう。背景に溶けてしまうことをおそれない、そういう人。

「やっぱりこっちを見て」

「はい」

羽野くんの視線を受けとめて、わたしは絵筆を動かした。もう質問はしなかった。目の前のこの人に訊ねても答えは出ない。わたしが質問しなければならないのは自分自身にだった。これからどうしたいのか、どうするべきなのか。

いくら線や色を重ねても羽野くんを描けそうになかった。わたしはそのページをあきらめて次のページをめくる。まあたらしいスケッチブックの白色がまぶしい。わたしは夫じゃない。だから羽野くんをどうこうしたいとは思わない。けれども留めておきたいと心の片隅で思う自分がいる。同じだろうか。

「描き直すわ」

「いくらでも」

そう云って羽野くんはうっすらと笑みを浮かべる。

この時間がもっと続けばいいと願ってしまう。ううん、わたしはあの人とは違う。この絵はいつか完成するし、自分の中の答えもきっと見つかる。終わりはちゃんとくる。それをわかってわたしは羽野くんの絵を描いている。

今はただ少し、時間がほしいだけなのだ。

羽野くんが会社を辞めることになった。噂では結婚するとかしないとか。相手は子持ちだとか年上だとか。田舎で農業をはじめるらしいとも聞いた。たぶん、その噂はあちこちめぐりめぐって最後にわたしの耳に届いた。誰だか知らないけれど、部内でまわさなくてもいい気をまわした人物がいたようだ。

辞表は部長が受けとった。一身上の都合で、と、どうとでもとれる説明をしたようだ。わたしから直接羽野くんに理由を訊ねることはなかった。何度か描き直したのち、絵は八割がたできあがっていた。退社の日までに完成させることができるか、それだけが気がかりだった。

タイムリミットが迫るなか、わたしと羽野くんは黙って向かいあい続けた。画家とモデルでいるわたしたちは、あの日羽野くんが云ったとおり対等な関係だった。上でも下でもない、誰かと対等でいられるということがこんなにも心をおだやかにさせるのだと自分でも驚いていた。家や会社にいても得られないこの大切な時間が失われていくのをわたしは惜しんだ。惜しんだけれど、その流れに逆らうような真似はしたくなかった。変化をおそれず身をゆだねて、わたしは自分の答えをきちんと出すべきだと思った。

もしかしたら、それをわたしは羽野くんやグレコから教わったのかもしれない。

完成した絵を羽野くんに「はい」と渡すと、彼は不思議そうにまばたきしながらわたしを見返した。

「せっかく描いたのに。ぼくがもらっていいんですか」

「いいの。ヘタな絵で悪いんだけど、これは羽野くんの絵だから。あなたに返すべきだと思う」

「？」

「なんでもない。もらっておいて」

「わかりました」

受けとる羽野くんに、わたしは念を押すように云った。

「勘違いしないでね。これはなにかの記念でも、プレゼントでもないから。そうね、ほんの嫌がらせ。だから、できれば破って捨ててちょうだい」

「そんなことできませんよ。どうして嫌がらせなんて云うんです？」

「羽野くんさ、わたしの絵を描いたでしょう？」

「え」

「販促部に異動になった初日。わたしが朝礼で着任のあいさつをしている最中、描いてたよね」

「……気づいてたんですか」

珍しく動揺したのか、耳の先が赤くなっている。

「あれ、まだ持ってるの？」

「すみません、持ってます」

恥ずかしそうにうつむく羽野くんに、これは触れてはいけないことだったんじゃないかと心配になった。けどもう口にしてしまったのだからどうしようもないと開き直ることにした。

「別に怒ってるんじゃないの。でも、あれも捨ててくれたらうれしい。わたしからの最後のお願いよ。この絵は羽野くんに任せるわ。もうあなたに返したんだし、煮るなり焼くなり好きにして」

「煮るも焼くもなしです。石月課長って、ほんとうにおかしな人ですね」

「羽野くんにだけは云われたくないわ」

わたしは唇を歪《ゆが》めて笑った。ずいぶん人間らしい笑いかただと自分でも思いながら。

おかしいのは自分だから安心しろと前は云ったくせに、そんな失礼な捨て台詞を残して羽野くんは去っていった。

夫に離婚届をつきつけたのはそれからすぐのことだ。すべてをリセットするのにちょうどいい頃合いだと思った。だから家ではなく、アトリエで話を切りだした。

「わたしをあきらめてほしい」

そんな風に云ったはずだ。妻としてもモデルとしても自分を解放してほしい、切実な願いだった。わたしにとっては今まで云えなかったことすべてを凝縮させた精いっぱいの言葉だったのだ。

それを夫は鼻で笑った。

「きみはいったいなにをうぬぼれているんだ。ぼくはきみのことなんてとっくの昔にあきらめているのに、愚かだな」

そう云って立ちあがると、無機質な仕事用のデスクの引きだしから大判の封筒をとり出し、夫はもどってきた。それを乱暴にソファの上に投げつける。開封された封筒から散らばった何十枚もの写真を見てわたしは青ざめた。写っていたのはわたしと、そして部屋を出入りする羽野くんの姿だった。アパート周辺から隠し撮りしたものと思われた。

「どうしてこんなこと……」

呆然と見おろした封筒に興信所らしき名前が記されているのに気づいた。夫自身ではなく、わざわざお金で他人を雇って調べさせたのだと思うと、身体中から力が抜けていくような気がした。

「理由が必要だとでも？」

「……云い訳はしないわ」

ふたりの関係が夫の想像するようなものではなかったといくら説明しても無駄だとわかっていた。それよりわたしのことをあきらめたと云いつつも、集めてきた証拠をこうしてひけらかす夫の真意を測りかねた。次になにを云いだすつもりなのか、わたしは緊張しながら待った。

「心配しなくても離婚はするつもりだよ。けどね、あきらめなくちゃならないのはむしろきみのほうだとぼくは云いたいね」

「どういう意味？」

「蓮はぼくが育てる。きみはなにも持たずに黙ってこの家から出ていくんだ」

「ちょっと待ってよ」

蓮は十七歳になったばかりだ。大人でもないが子どもでもない。もし離婚ということになれば、親の決めつけではなく彼の意思を尊重したかった。

「そんな一方的なのはよくないわ。ちゃんと蓮にも話して、彼自身に決めさせるべきよ」

「へえ、浮気した母親が息子に語れることとなんてあるの？　正直に話したところで軽蔑されるだけなのに、それでもきみはまだ蓮と暮らせるとのんきに考えてるわけだ」

「それは……」

「まあ、きみが隠そうとしても、この写真を見せれば一目瞭然だけどね。結果はわかるだろう？」

「……」

反論できなかった。そのために証拠を集めていたのだと悟った。わたしをあきらめた夫が蓮を手放したくない理由を考えると不安になった。今度は蓮にモデルをさせようとしているのではないか。もしそうだとしたら平静ではいられなかった。わたしが抱いてきた絶望感を蓮には味わわせたくはなかった。

わたしは唇をかみしめながら絞りだすように云った。

「わかったわ……でもお願い、蓮に執着するのだけはやめて」

夫からの答えはなかった。


離婚が成立するのとほぼ同時に、わたしは会社に辞表を出した。そのころには家を出てアパートの部屋に移り住んでいたが、それも月末には解約する予定だった。あたらしい生活の準備のためと云えば聞こえはいいが、要するに身辺整理をしておきたかったからだ。

これから先の人生について、わたしの中で決まっていることはなにもなかった。ただ、今からやろうとしていることだけは前から決めていた。できれば穏便にすませたかったけれど、離婚条件でたったひとつだけ提示したわたしの願いを夫ににべもなく断られた瞬間にそれを実行する決心がついた。わたしが出した条件とは、夫がこれまでに描いたわたしをモデルとする絵をすべてこちらに譲渡してほしいというものだった。

断られるのは想定内だった。でもどうしてもわたしはそれらをこの手で捨ててしまいたかった。夫のもとにあるかぎり、わたしにほんとうの自由はやってこない。そこに心はないとわかっていても、自分の分身を彼に管理され続けるのは我慢ならなかった。夫の思惑どおり、「父親と暮らす」と宣言した蓮を置いていくことには耐えられたくせに、わたしは抜け殻のわたしを置いていくことだけは耐えられなかったのだ。

つくづく身勝手な人間だと自分でも思う。

わたしはこれからアトリエにいき、すべての絵を盗みだすつもりだった。そしてこの手で処分する。夫が被害届を出せば、わたしは罪に問われるだろう。会社に迷惑をかけるわけにはいかなかった。

真夜中過ぎ、レンタカーの軽バンでかつて自分が暮らしていた家に向かった。この時間、夫は毎晩服用する睡眠薬が効いて朝まで目を覚まさないことを知っていた。アトリエと家とは同じ敷地内ではあるが少し離れているし、慎重にやれば気づかれることはないだろう。わたしは逃げだしそうな自分をなだめ、必死に奮い立たせた。

家の前に車を停め、あらかじめつくっていた合い鍵でアトリエに侵入する。絵の保管場所は熟知していたので、小さなヘッドライトだけでも探すのはむずかしくなかった。あとは車に運ぶだけだ。

だけどそこからはそんなに容易《たやす》くはいかなかった。さまざまな大きさのキャンバスはどれも厚みがあり、想像以上に重かった。中には抱えるのがやっとというものも。結婚する前からの作品が全部揃っているのだ、枚数もそれなりにある。一枚ずつ運んでいたのでは埒《らち》が明《あ》かない。せめて小さいサイズのものはまとめてしまいたかった。

わたしは暗闇の中でキャンバスを床に並べはじめた。ある程度の大きさごとに分類し、それぞれ何枚ずつ運べるかと頭の中で試算する。会社のイベントでこういう荷物運びはよくやった。その経験に基づいて導きだした最短時間で終えられる方法の答えをわたしは左右にゆっくりと首をふって捨てた。だめだ、万が一運搬途中で崩れて大きな音を立てたりすれば、夫でなくても蓮や近所の誰かに気づかれてしまうかもしれない。無理するのはやめて少しずつ持っていこう。

物音を立てないように運ぶのは神経を使う。何往復かするうちにだんだん手もしびれてきた。朝までに終えることができるだろうかと弱気になりかけたとき、わたしの右肩を誰かが叩いた。

「……！」

驚いて持っていた絵を落としそうになったのを、その手が慌てたように下から支える。

「危ないなあ」

わたしは大きく息を吸った。寝巻代わりのジャージ姿で蓮が立っていた。

「……蓮」

「母さん、なにその恰好。海女《あま》さんかと思ったよ」

頭にはヘッドライト、動きやすく目立たないよう身体にぴたりと張りついた黒の上下の服装を見て云ったのだろう。蓮の思う海女とは、昔ながらの白い磯シャツを着た海女さんではなくて、現代のウェットスーツ姿の彼女たちを指していると思われた。

「こんなところを蓮に見られるなんて……」

顔を歪めるわたしに蓮はけろりとした表情で、「なんで？　場末のホステスよりはいいじゃん」と云ってのけた。それから「手伝うよ」と抱えていたキャンバスにためらうことなく手を伸ばした。

「だめよ！」

わたしは放すまいとぎゅっと両腕に力を入れる。

「これはほんとうはやっちゃいけないことなの。お父さんの承諾もなく勝手に持っていこうとしているんだから。蓮に手伝わせるなんてとんでもないわ」

「なんでだよ」

不服げな顔で鼻の下を指でこする。気に入らないことがあるときに幼いころからよくしていた癖《くせ》だった。

「これは母さんの絵だろ。描かれてるのはぼくの嫌いな母さんだけど、これは母さんのもので間違いないよ。だからどうしようと好きにすればいいと思う」

「蓮……」

「ああ、好きにっていうのは絵のことだけじゃなくて、このさきのことも含めて全部だから。家を出ていこうが若い男とどうなろうが、ぼくはどうでもいいんだ。父さんにも同じように思ってる」

羽野くんとの関係は違うのだと説明したくてももう遅い。それにたぶん、そういう問題じゃないのだ。心が動いた時点でなにかがはじまり、なにかが終わった。そして今わたしはここにいる。

「違う人間だから、ぼくは。母さんとも、父さんとも」

「でもお父さんと暮らすほうを選んだのね」

「だってあの人、母さんがいないとなにもできないじゃん。今だって毎日抜け殻みたいだよ」

「え……」

抜け殻、という言葉を信じられない思いで聞く。

「一緒にいるのは高校生の間だけって決めてるんだ。卒業したらぼくはひとりで暮らす。自分でしあわせになる道を探すつもりだよ。母さんだってそうしたいから父さんと別れたんでしょう？」

「え、ええ、そうね」

「そのために必要だから絵を持っていく。なにも間違ってないよ。だからぼくも手伝う。それじゃいけない？」

「ううん……ありがとう、蓮」

両腕からするすると力が抜けていく。再びずり落ちそうになった絵を蓮が器用にキャッチし、そのまま軽々と肩に持ちあげた。

「ほら、急がないと」

「うん」

さっきまでの疲労が嘘みたいに消えていた。わたしたちは黙々とアトリエと軽バンとを往復した。重いキャンバスは蓮が云わなくても運んでくれたから、負担はずいぶん軽くなった。すべてを積み終えても空はまだ暗いままだった。

蓮に礼を云い、運転席に乗り込むとわたしは窓を開けた。いつか一緒に暮らさないかという言葉をぐっとこらえ、笑顔をつくった。こういうときになんて云えばいいのかわからなかった。

「ありがとう」

莫迦みたいにくり返し、手をふった。蓮も小さくふり返してくれた。もう少し云うことがあったはずなのにと思いながら、わたしは車を出発させた。

夜道をひた走る。あてがあるわけではなかったけれど、どこか遠い場所で絵を燃やそうと考えていた。途中から高速に乗り、スピードをあげる。なぜかわからないけど涙がこぼれた。

このまま運転するのは危ないと判断したわたしはパーキングエリアに入った。トイレと自動販売機くらいしかない簡素なパーキングだ。停まっている車もほとんどない。トラックが数台ほど見えたが、仮眠をとっているのかライトを消し、誰の気配もなかった。

わたしは車を降りて荷台を開けた。無造作に積みあげられた自分の絵を放心したように眺める。この絵を燃やす。燃やすためのてきとうな場所が見つからなければ、アトリエから持ってきた画材のナイフで切り裂き捨ててしまうつもりだった。漠然と考えていた計画を頭の中で反《はん》芻《すう》する。燃やす、切り裂く、捨てる。できると覚悟してはじめたことだ。燃やす、切り裂く、捨てる、この絵を。わたしを。蓮が嫌いだと云ったこの絵のわたしは、わたしが大嫌いなわたしだから、うん、平気だ。大丈夫、なんてことない作業でしょう、アリス。

どうしてだか涙がとまらない。これでは出発できない、どうしよう、じき朝がきてしまう。どうしよう。考えがまとまらない、どうしよう、どうしよう、どうしよう。

……できない。

震えながらわたしはポケットを探り携帯をとり出した。どうしようという焦りばかりがふくらんで、冷静にものが考えられなくなっていた。こんなことをしてはだめだと頭の中で声がする。電話に出ないでくれたらいい、まともではない時間の電話なんて無視してくれたらいい、と半分願いながら発信ボタンを押す。

「……もしもし」

「………」

「どうしたんですか、こんな時間に」

羽野くんの声はゆったりと眠そうだった。そばに結婚相手が寝ているかもしれないと思うと声を出すことができなかった。

「……ごめん、なさい」

それだけ云って切ってしまうつもりだった。だけど声が震えるのをとめられなかった。羽野くんはひと呼吸置いてから、わたしに静かに訊ねた。

「石月課……石月アリスさん」

「……はい」

「ぼくが必要ですか？」

その言葉を聞いた途端、堰《せき》を切ったように感情があふれ出した。気づいたときにはわたしは嗚咽《おえつ》まじりの声で叫んでいた。

「必要よ、あなたが必要。だから今すぐここにきて！」

待っているとしばらくして羽野くんがやってきた。作業着のようなつなぎの服を着て、乗ってきた軽トラから降りた姿は別人みたいだった。急ぐでもなくのんびりとした歩きかたでこちらに向かってくる。それを見て安心する。周囲に流れる独特の空気は間違いなく羽野くんのものだった。

荷台を開け放したまま、そこに力なく腰かけていたわたしはのろのろと立ちあがった。

「羽野くん……悪いわね、こんな時間に」

「いえ」

「お願いを聞いてほしいの」

そう云うと、羽野くんはいつもと変わらないほほえみを浮かべながら首をかしげた。

「あれ？　最後のお願いはもうしたんじゃなかったです？」

「いじわるね」

わたしは苦笑した。ここまできておいて、なにを今さら。

「これは……そうね、最後の向こう側。おしまいのそのさきのお願い」

「いいですね、終わりの向こう」

「この絵をすべて燃やしてほしいの。理由は訊かないで」

荷台をふり返って指し示す。パーキングエリアのまばらな照明の陰になって中はうす暗かった。キャンバスに描かれたのがわたしの絵だと理解したかどうかは定かではないけれど、羽野くんはざっと見ただけでひとつ頷いてからこちらに向き直った。

「わかりました」

「いいの？」

「そのためにぼくを呼んだんでしょう」

どうしてこの人は、とわたしは思った。なにもわからないのになにもかもわかったようにほほえんでいられるのだろう。だけど今はそれが救いだった。

「お願いします」

小さく頭をさげ、すべてを羽野くんにゆだねることを決めた。わたしはもう絵に触れなかった。羽野くんの前で泣きたくなかったからだ。レンタカーの荷台から軽トラの荷台へと次々載せかえられるのをじっと見ていた。ひ弱だと思っていた羽野くんは意外に力持ちだった。農作業をしているうちに鍛えられたのかもしれない。

別れ際、わたしたちは軽く抱擁《ほうよう》しあった。

「羽野くん、おしあわせにね」

「アリスさんも、おしあわせに」

誰と？　と一瞬訊き返しそうになり、わたしはそこではっとした。「おしあわせに」という言葉をわたしは羽野くんとその相手のふたりに対して使ったつもりだった。これまでもそんな風にお祝いの意味でしか使ってこなかった。でもそうじゃない。わたしはわたしひとりでしあわせになってもよかったのだ。蓮もそう云ってくれていたはずなのに、うまく呑み込めていなかった。わたしが蓮にかけるべき言葉も罪悪感をごまかすためのへつらうようなお礼などではなく、ストレートに息子のしあわせを祈るこの言葉でよかったのだ。

羽野くんと別れたわたしはあのアパートの部屋にもどった。解約間近の部屋はがらんとしてなにもない。夫に気づかれて万が一踏み込まれる可能性を考えれば、わたしがここにいるのは危険だと頭ではわかっていた。けれども今まさに羽野くんが自分のためにしてくれようとしているこの時間、他にいく場所はないように思われた。

朝方、羽野くんから連絡があった。ビデオ通話だった。

「見えますか」

羽野くんの声はどこか遠いところから響いてくるようだった。波の音が聞こえる。

「山じゃないのね」

てっきり羽野くんが住んでいる田舎の山奥で燃やしてくれるのかと思っていた。

「危ないですよ、山は。風が強いとすぐに燃え移って山火事になります」

「そっか」

「もう少しで終わりますよ」

どこから持ってきたのか、半分に切ったドラム缶らしきものの中で絵が燃えていた。そばにある流木に羽野くんが腰かけている。海はわりと近い。白々と明けかけた空と砂浜。海は灰青色をしていた。この部屋の壁の色と同じ。

「この世の果てのような場所にいるのね」

まるで羽野くんのほうが絵の中にいるみたいだと思った。

「ええ？」

驚いたように目を瞬いて羽野くんがはじかれたように笑った。ここで笑うのか、羽野未知生。わたしもつられて笑った。最後までおかしな人だと呆れながら。

「さようなら、羽野くん」

返事を聞かずに通話を切った。お別れの言葉を聞くのも、炎が消える瞬間を見るのもこわかった。

それから一度だけ、あの朝の海を探しにいったことがある。あたらしい生活がととのい、少しだけ気持ちに余裕ができたころだった。羽野くんが住むという地域周辺の海をあてどなく歩きまわった。当然ながら、ドラム缶も羽野くんが座っていた流木も見つけることはできなかった。

塩気を含んだ空気を大きく吸う。目の前にある海はどこまでも青く澄んでいて、うつくしかった。

第五話　スキマの空

跨線橋《こせんきょう》の上から走る電車をぼんやり眺めていると、突然声をかけられた。

「飛び降りるんですか？」

驚いて「ヒッ」としゃっくりのような声が出た。意図せずにぼくはよくこういう声を出してしまう。それをからかわれることも多かった。反応がオーバーだと瞬時に相手に悟られる、こいつは気が弱いから少々強めにいっても大丈夫だ、と。成長しきれていない子ども同士のマウンティング争いは、頭脳戦というよりも野生の動物的勘により数秒で決まる。

だけど高校生のぼくはそんなことには動じない。

「そんなわけないじゃないですか、なんですか急に」

いったい誰が話しかけてきたのだろう。スーツ姿だから警察官ではなさそうだ。見まわりの教師とかだったら面倒だとぼくは視線をそらした。もともと真正面から人を見るのは苦手だった。

夕暮れから夜がやってくるまでの微妙な時間帯。空の低い位置に金星だけが無邪気に明々と光っている。あんまりああいうタイプは好きじゃない。クラスにもいるだろ、自分は目立たないように隠れているつもりなのかもしれないけれど、どうしたって無視できないくらい輝いてるから逆に目立ってしまう、存在自体が出しゃばりなやつ。

「あ、違いましたか。それは失礼しました」

焦るでもなくそう云うと、相手は素直に謝った。

ぼくは高校生になってかけはじめた眼鏡のずれを直すふりをして、その人物を観察した。少し離れたところに立っているのと周囲がうす暗いのとで、はじめあまり顔がはっきり見えなかった。声にも聞き覚えはない。威圧感がないしゃべりかたなので教師ではないだろう。ふつうの会社員のおじさん、そんな感じだ。

「あの……」

今度はこちらから話しかけた。

「あ、はい」

「どうしてですか」

「え」

「ぼくが飛び降りるかもって、そう思ったから声をかけたんですよね？　そんなに思いつめたような顔をしてました？」

さも心外だと云わんばかりの口調におじさんがたじろいだように見えた。

「顔はよくわからないですけど」

「はい」

「空気、ですかね」

「空気？　雰囲気がってことですか」

「はあ、まあ」

あいまいな返事では納得できなかった。ぼくはそのおじさんに食い下がってやろうと一歩近づき、そして首をかしげた。夕闇に浮かぶシルエットに見覚えがあるような気がしたからだ。

「死にたい人間の発する空気がわかるなんて、あなたはよほどかしこいんですね。つか、誰目線ですか。誰目線のなにさまですかって話ですけど」

わかったような口をきく大人がぼくは昔から大嫌いだった。おじさんをあえて「あなた」と呼び、ぼくは威嚇《いかく》するようにもう一歩近づく。

そこで気づいた。目の前のおじさんは毎朝ぼくと同じ車両に乗っている人だということに。とりたてて特徴があるわけでもない、三十代くらいのおとなしそうな人だ。朝のラッシュ時間、スーツ姿のおじさんたちであふれ返る車内で、どうしてぼくがこのおじさんのことを記憶してるかというと、それは毎朝くり返される茶番劇に辟易《へきえき》していたからだった。

前から二両目のうしろのドア付近がぼくの定位置だ。そこを陣どる理由は単に降りる駅の階段に近くて便利だからだった。毎朝決まった電車に乗っていると、同じ顔ぶれが一定数あることに気づく。おじさんはその中のひとりだった。ぼくより前の駅から乗っているおじさんは、たいてい向かいあう横並びの席のどこかに座っている。通勤通学のピークのこの時間に席を確保できるのは奇跡的と云っていいだろう。そんなおじさんの幸運を妬んでいるから覚えているわけではない、問題はいつもそれから二駅先に起こるのだ。

電車にはいろんな人が乗っている。居眠りする人、スマホをいじる人、小さくたたんだ新聞を無理な体勢で読む会社員、友人とおしゃべりする学生、無言のまま必ず隣同士で手を握って座っている女の人ふたり……まあ、いろいろだ。あのせまい空間で、みんながそれぞれ別のことをしながら注意深く視線を交わらせないようにしている。それってなかなかに名人芸だとぼくは思う。

その絶妙なバランスが崩れるのが二駅先だ。

ドアが開き、あたらしい乗客がなだれ込む。その中にひとり、杖《つえ》を持った初老の男の人がいる。ほとんど毎朝同じドアから現れる足の悪いこの人の存在にいち早く気づくのは、なにもぼくだけじゃないと思う。だけどみんな当然のことながら黙っている。座っている人たちは狸《たぬき》寝入《ねい》りをしたり他のことに気をとられているふりをしたりしながら、自分の前に立たないでくれと念じていることだろう。せっかく手に入れた座席を死守したい気持ちはわからないでもない。

ドアの近くに立っているぼくはそんな乗客たちを半眼で観察する。

杖の男の人はゆっくりと首をめぐらせなにかを探す。車両にそこはかとなく漂う緊張感。誰も自分から席を立つ者はいない。朝のロシアンルーレットだ。

やがて男の人はひとりの人物の前に立つ。それがぼくに声をかけてきたおじさんだった。そして自分の目の前に立たれてはじめて杖の男の人に気づいたみたいに「あ」と小さく呟き、慌てて席をゆずるのだ。毎朝これのくり返し。うんざりする。

ぼくをいらつかせるのはおじさんのわざとらしい態度だけじゃなかった。杖の男の人もわかってやっている、そこにもいらついた。おじさんよりもっと若い人や優先席に座っている人だっているのに、わざわざおじさんを狙い撃ちしてくる。つまりこれはロシアンルーレットに見せかけたスナイパーの所業だということ。撃たれるほうもわかってて下手な演技をしているのだ。これを茶番と呼ばずしてなんと呼ぼう。

「なにさまでもないですけど……」

突っかかるぼくに戸惑った視線を投げかけながらも、おじさんは首をかしげるような仕草をして答えを探すみたいに云った。

「別にかしこくなくてもわかると思います、ぼくの場合」

「いい加減なことを」

ぼくは吐き捨てるように云った。自分ならわかると本気で思ってるのか、莫迦莫迦しい。空気とかてきとうなことを云ってる時点ですでにアウトだろ。それともこれはあたらしい茶番劇のはじまりか。だったらぼくはそんなもの、相手にするつもりもない。

「すみません。もっとはっきり云えばよかったですね」

「あ、もう、大丈夫ですから」

「あるんです、ぼくも」

「は？」

顔をしかめておじさんを見つめる。しつこいな、この人。

「飛び降りようとしたこと」

「え」

「ん、ちょっと違うかも。ぼくの場合はほんとうに飛び降りたんでした」

「………」

「だから飛び降りた人目線ってことになるのかな」

なにを云ってるんだ、このおじさんは。


人間はみんな仮面をかぶって生きている、そんな台詞をどこかで聞いたことがある。ぼくにとってそれは真理だ。自分以外はなにを考えているのかわからない得体《えたい》の知れないもので、親や友人でさえ信じることはできない。ましてやはじめて会話した他人の言葉など信じるべくもなく、ぼくは一瞬でもおじさんのペースに呑まれそうになった自分を強く戒《いまし》めた。

「あの……なにか勘違いしているみたいだから云いますけど、ぼくはただ電車をぼおっと眺めていただけで。その、確かに、明日学校にいきたくないなとは思ったけど、それだけです。死のうとかそんなんじゃありませんから」

「はい」

「おじさんだって学生のころ、そんな日くらいあったでしょう？」

「ありましたね」

表情を変えずにおじさんは答えた。

「えっと、そういうことなんでご心配なく。もういってもらっていいですから」

「はい」

素直な返事のわりに動く気配がないので、ぼくは「いかないんですか？」と強めに訊ねた。これ以上かまわないでほしいという意思表示をしたつもりだった。でないとおかしなことを云うおじさんのペースに巻き込まれないために、ぼくはしたくもない自分語りを続けなくちゃならないことになる。

「すみません、いこうとは思うんですけど、どっちにいったらいいかわからなくて」

「ひょっとして迷子？」

「かもしれません」

ええっ？　と心の中で声をあげる。いつも乗ってる電車だろ、と云いそうになって慌てて口をつぐむ。向こうはぼくに気づいていないだろうから、このまま別れてしまったほうが賢明だ。それにしても道に迷うとはどういうことだ。考えてみれば電車が同じというだけで、おじさんはふだんこの駅で降りるわけじゃないのだった。なにか用事があって見知らぬ土地にやってきたのだとしたら迷っても仕方ない。事情を訊いて一緒に探してあげるべきだろうか。でもそんなことをしたらどんどんおじさんから逃げられなくなってしまいそうだった。

「駅員さんに訊いたらどうですか？　つか、おじさんスマホ持ってないの？　それで調べたら一発でしょ」

「調べてわかれば苦労はしないんですけどね」

「？」

完全にお手あげだ。もうかかわりあうのはよそうとぼくは決めた。

「じゃあぼく、いきますね」

「どうぞ」

おじさんを置いてぼくはさっさと階段に向かった。なんなんだ、あのおじさん。勝手に人に声をかけてきて混乱に陥れた挙句、最後はあっさりしたものだ。まったく意味がわからない。心配するならおしまいまで責任持ったらどうなんだよ、とちょっと的外れな怒りにまかせて足を踏み鳴らしながら階段をおりていく。

心配……してたっけ？

そこではたと立ちどまった。

おじさんはただぼくに「飛び降りるんですか？」と質問しただけだった。心配されたのだと一方的に思い込んで、余計な詮索をするなとムカついたのはぼくのほうだ。結果的にぼくが去り、おじさんがあの場所に残った。そもそもおじさんは慣れない土地でどうして人気《ひとけ》のない古びた跨線橋を渡ろうなんて思ったんだろう。迷子だから遠くを見渡せる場所を探したのか。そこでぼくに会って立ちどまって、それだったら道を訊ねればよかっただけなんじゃないか。

自分も飛び降りようとした、ううん、飛び降りたことがあるって云ってなかった？

「ヒッ」

今度は大きな声が出た。

それっていつの、どこの話なんだ？　どれだけの高さから飛び降りたのか知らないけど、そんなことをしたあとの人間が五体満足でいられるものなのだろうか。

「もしかして……幽霊？」

階段の途中でぼくはぶるっと身震いした。もう少しであの場所で自殺したおじさんの幽霊が仲間を求めて話しかけてきたのかもしれないと錯覚しそうになった。

いやいやいや、待て。いったん落ち着こう。

それはありえないだろ。それでは毎朝同じ車両で目にするおじさんは何者かって話になってしまう。あの茶番劇につきあっているのはぼくだけじゃない。杖の男の人も見て見ぬふりしている乗客たちもおじさんの存在を認知している。間違いなくおじさんは現実に生きている人間だ。

おどかさないでくれよ、と胸を撫でおろす。

安心して階段をおりはじめたぼくだったが、数段おりたところで再び足がとまった。なんだか胸騒ぎがしてきたのだ。おじさんが幽霊なんかじゃないのは納得したけれど、かといってさっきまでのぼくの疑念が晴れたわけではないことに気づいてしまったからだ。

To be, or not to be, that is the question.

中学時代、図書委員だった白石《しらいし》さんが読んでいた『ハムレット』の一節をぼくは唐突に思いだした。「生きるべきか、死ぬべきか、それが問題だ」という名言をほんとうは誤訳なのだと彼女は云った。一番直訳に近いのは「このままでいいのか、いけないのか、それが問題だ」なんだって。

「ふうん」

そのときのぼくの反応はこうだった。ふうん。今聞いてもたぶんそう云うだろう。白石さんの話の内容は特に興味を持てなかった。ぼくにとって興味があったのは、大人びた彼女のきれいな黒髪とか細くて長い指とかぷっくりとした唇とかだった。もしかしたらその問題はあのころの自分の問題と重なっていたのかもしれないのに、それを知ったうえで白石さんがぼくに教えたのではないかと考えるのがこわくて殊更《ことさら》無関心を装《よそお》った気もする。が、今は思い出話を分析している場合じゃない。

ぼくが去り、あの場所におじさんが残った。

その意味を考えなくてはならない。

飛び降りた経験のあるおじさんはああして生きているのだから一度失敗したことになる。それであきらめてなかったらどうなる？　迷子だと云ったのは道に迷ったのではなく、人生に迷ったという意味にもとれる。生きるべきか、死ぬべきか。もう一度試そうとしてあの場所にいき、思いがけず先客のぼくを見つけて出鼻をくじかれてしまったなら？　そうだとしたら邪魔者が消えた今、おじさんの答えは出てしまうんじゃないだろうか。

勘違いであってくれ、とぼくは祈る。あの一節が誤訳であるように、ぼくの解釈も誤りであってほしい。おじさんの問題がたとえそうでなくても、ぼくは今こそ自分自身に問いかけなくちゃならない。

このままでいいのか、いけないのか。

「いいわけないだろっ」

小さく叫ぶと、ぼくはひとつ飛びで階段を駆けあがっていった。

さっきまでのぼくと同じポーズでおじさんは跨線橋の欄干《らんかん》を摑み、下をのぞき込んでいた。

「ちょっと待った！」

叫んで走り寄るぼくのほうには向かず、身を乗りだしたように見える。焦って足をもつれさせながら近づくとやっとふり返った。

「あれ？　もどってきたんですか」

緊張感のない声に一気に脱力して、ぼくは欄干にもたれかかった。

「なにしてるんですか、もう」

「なにって……見てたんです」

「は？」

「きれいですよねえ」

くるりと身体を反転させておじさんと並ぶ。いつの間にか夜になっていた。少し欠けた月と金星以外の星もひかえめに瞬いている。暗闇を照らす電車のヘッドライト、深海魚の発光みたいな窓の連なり、透けた内臓に人々がうつむきがちに乗っている。目を合わせないよう仮面をかぶった小魚の群れ。ここから眺めるとなぜだかみんな同じ顔に見えた。

「迷子のくせにのんきですね」

ぼくの嫌味は電車の轟音《ごうおん》にかき消され、どうしてだろう、おじさんの間延びした声だけが耳に届く。

「だけど、あのときはもう無理かもって思ったんですよ」

「………」

「ちょうどきみくらいの歳でした。ぼくは仲間たちとビルの屋上にいて、頭上には青い空が果てしなく広がっていました。いろんなものから解放されたときで、みんなうれしそうでしたね。仲間たちが軽々と飛び越えていく、ぼくはそんなうしろ姿を黙って見ていました。昔から鈍くさかったんで、いつもついていくのに必死でしたよ。そのときもそうすればよかったんですけど、なんかね、もう無理かもって突然思えてきて……」

「……」

「ぼくは飛ぶのをやめたんです。あの、ビルとビルの間をみんなで飛ぶ遊びをしていて……説明が下手ですみません。それで、そのすき間に吸い込まれたら全部終わって楽かもしれないって閃《ひらめ》いて。だから飛び降りたというよりもただ落ちた、そう云ったほうが正しいんでしょう、きっと」

「そんな、理由で?」

ぼくはやっと訊き返した。おじさんの動機を聞いても漠然としていてなんだか納得できなかった。前を向いて訥々《とつとつ》としゃべっていたおじさんがこっちを向いて小さく笑った。

「じゃあ、どんな理由だったらいいんです? ぼくが云うのもなんですけど、勝手に死んでいい理由なんて実はないみたいですよ」

「はあ」

どうしてそこで笑うのか理解不能だけど、ぼくは一応頷いてみた。さっきまで抱いていた焦燥、不安、絶望。おじさんに押しつけられた負の感情を仮にぼくが反対の立場だったとしても、他人に押しつけて自分だけ一抜けしていい理屈はやっぱりないように思えたから。

「で、ぼくの場合、運よく失敗しました」

「どうやって助かったんですか？」

「転落防止用の防護ネットにひっかかったんです。だからたった数メートルの落下ですみました。ま、左足は折れてましたけど、今ではいい思い出です」

「いい思い出って……」

ぼくは呆れて二の句が継げなくなった。

「仲間が助けを呼びにいっている間、ネットに絡まったままのぼくは抵抗するのをあきらめて寝転びました。ビルとビルのすき間から見える空はとてもせまくて細くて、そこを雲がゆっくり流れていました。こんなところからでもちゃんと見えるんだなって感心、うーん、感動、ですかね、しちゃったりして。屋上では仲間とビルで働く大人たちが、地上では連絡を受けた警察やら救急車やらがやってきて大騒動だったみたいなんですけど、ぼくのいるすき間だけがぽっかりと静かでしたね。そのときわかったんです、みんなみたいに広い空に飛びこんで悠々と泳いでいこうとするからだめなんだって」

「……」

「なんだかほっとしましたね。やっとわかったっていうか。つまりね、見てるだけでよかったんです。すき間の空をただ寝転んで眺めて、それなら自分にもできる気がした。空に届こうなんてはじめから思わなければいいんですよ。そしてこの誰にも気づかれないようなせまいところにいるぼくに手を伸ばしてきた人とだけ、ちゃんと手をつないでいこうと決めたんです」

「一回死んだからですか？」

「はい？」

「そんな風に考えられるようになったのって」

ぼくは不思議だった。こういうのを達観しているというのだろうか。でもそんなやりかたでこの嘘だらけの世界をほんとうに渡っていけるのか。それが強烈な体験を通してでしか得られないものだとすれば、ぼくみたいな行きずりの高校生に語ったところでなんになる。おじさんはぼくにこんな話をしてどうしようというのだろう。

「わかりません」

おじさんは困惑気味の照れ笑いを浮かべた。

「あのことがきっかけだったのは間違いないですけれど、あれで自分が一回死んで生まれ変わったとか、心機一転人生をやり直す、みたいなリセットした感覚はなかったですね。むしろ……」

「むしろ？」

「ぼくはこれまで自分が生きてきたという実感のほうがないくらいです」

した。

「それはどういう……」

質問しかけたぼくの声を遮るように着信のバイブ音が低く響いた。反射的に制服のポケットに手をやるが自分のスマホじゃなかった。おじさんがスーツの胸ポケットに手を入れ、とり出した。

「あ、もしもし」

つか、スマホ持ってるじゃん。

電車が続けざまに駅に入っていったせいで話の内容はよく聞きとれなかったけど、電話の向こうの相手におじさんは怒られているようだった。くだけた会話の調子から上司とかえらい人じゃなくて、仕事の仲間とか友人とかそんな感じかなと想像した。おじさんは「ごめんごめん」と謝りながらも一向にこたえている様子はない。こういうことは案外日常茶飯事なのかもしれなかった。相手が誰だか知らないけれど、ぼくは電話の向こうの人物にちょっとだけ同情した。おじさんみたいな人間が自分のまわりにいたら迷惑するだろう。他人と歩調を合わせていくのを放棄した大人は厄介な存在だろうとぼくでも想像できる。だけどほんとうにそれがいけないことなんだろうか。

おじさんは電話を切ると、ぼくのほうに向き直って云った。

「どうやら降りる駅自体を間違えていたみたいです」

「そうですか」

「もういかないと」

「はい」

それだけ云ってあっさり背を向けるとおじさんはいってしまった。跨線橋の階段から徐々に姿が消えていく。ぼくはおじさんがいなくなったあたりに目をやりながら、「また明日」と呟いた。


中学生のころ、ぼくは白石さんが好きだった。それと同時進行で一部の女子たちにいじめられていた。学校内のよくある仲よしグループでかわいい子も多く、男子にもけっこう人気があった。成績もほどほど、教師との距離感もほどほどで受けは悪くなかった。そんな連中だったから校内でぼくにちょっかいをかけて問題視される行動をすることはなかった。自分たちの将来にマイナスになるようなことをわざわざ表立ってはしない、そういう損得勘定に長けた女子たちだった。

やられていた側が云うのもなんだけど、それはぼくにとってラッキーだった。厳密に云えば、ぼくの恋心にとって、だ。白石さんを含め、学校のみんなにはばれていないはずだった。

あいつらは帰り道のどこかで待ち伏せしてぼくを捕まえると、金をせびったり見えないところに暴力をふるったりした。制服を脱がされ写真を撮られたこともある。下着を剝ぎとられるのだけは死守した。そこはぼくのぎりぎりのラインだった。あいつらがいつも笑いながら云う遊びの延長線上、それにつきあってやっているというぼくの自尊心が保てるぎりぎりのラインという意味で。

　当時のぼくも本心ではこれは遊びじゃないとちゃんとわかっていた。でもそう思うことでなんとか日々をやり過ごそうと必死だった。合意の上でいじめられているなんて莫迦莫迦しいにもほどがある。身体が大きかったぼくが本気で抗《あらが》えば暴力はとめられたかもしれない。あいつらが束になってかかってきたところで、全力でぶつかっていけば吹っ飛ばすことくらいできただろう。けどそうしなかったのは、女の子の身体の脆《もろ》さがわからない故のためらいと恐怖だった。もし万が一誰かを傷つけて壊してしまったら、それこそぼくは一生こいつらから離れられなくなってしまう。その誰かへの償いのために生き続けていかなければならないくらいなら、この時間をひたすら耐え忍ぶほうがマシに思えた。それにこのことが表沙汰になってしまえば、白石さんにぼくがいじめられていたことがばれてしまう。それも男子にではなく女子に、だ。屈辱以外のなにものでもない。そんな不名誉を絶対に知られるわけにはいかなかった。

　結果的にぼくは、いじめられながらもあいつらを庇うというとんでもなく矛盾《むじゅん》した中学校生活を送る羽目になった。親や教師に相談できない代わりにぼくはともかく夢中で勉強した。この状況から逃げだすためには遠く離れた高校にいく必要があった。それも男子校に限る。スポーツがてんでだめなぼくにとって、その条件に合う高校にいくには勉強するしかなかったのだ。

白石さんは図書委員だったから、図書室に通って勉強するのは至福の時間だった。話す機会などめったになかったけれど、遠くから見るだけでじゅうぶんだった。あいつらも帰りが遅くなったぼくを待つのは面倒だったに違いない。待ち伏せされる回数も少しずつだが減っていき、安心して過ごせる日も多くなった。だけど油断するとまた捕まって今度は前よりひどくやられた。要求されるお金の額も増えてさすがに無理だと断ると、いつかの下着姿の写真を拡散すると脅されてやむなく親の財布からこっそり盗んだこともあった。

だから実際のところ親たちがあのころのぼくの惨状にまったく気づいていなかったかどうかという疑問は残る。でもふたりはそのことでぼくを責めたり問い質したりすることはなく、高い目標を掲げて受験に臨もうとする息子を黙って応援してくれた。親としてその対応が正しかったかどうかはわからないけれど、そっとしておいてくれたことがぼくにはありがたかった。すべてこの三年間のうちに終わらせるのだとぼくは心に誓った。そして念願の高校に無事合格したのだ。

晴れて高校生になったぼくは変わろうと努力した。過酷な受験勉強のおかげか体重は以前より減っていたので、そのままダイエットと筋トレを続けてスリムな体型を手に入れた。髪を伸ばし、眼鏡をかけ、そうすると外見はずいぶんよくなった。見ために合わせて消極的な性格も徐々に改善していった。すると不思議なもので、中学生のときにはまわりにいなかった種類の友人が増えていった。クラスでも目立つほうのいけてるグループに自然と溶け込んでいる。ぼくは青春を謳歌《おうか》することに成功したのだと思った。

　今日までは。

　跨線橋でおじさんと偶然出会うその前、帰りがけにぼくは友人のひとりに声をかけられた。吉川《よしかわ》という一見優等生タイプだけど冗談も通じる、顔もよくて文武両道……つまり金星みたいなやつだ。

「おまえさ、中学校のころに女子にいじめられてたんだってな」

「ヒッ」

「おれの彼女がおまえと同じ中学校だったたって」

　あの連中のうちのひとりとつきあっていたのか。その組み合わせは意外だった。

「えっと、そんな……いじめられてなんか……」

　慌ててごまかそうとしたが、顔がひきつってできなかった。せっかく高校ではうまくやっていけそうだったのに、こんなところでつまずくとは。ぼくは泣き笑いのような表情で質問するのが精いっぱいだった。

「吉川の彼女って、誰？」

「ああ、白石っていうんだ。白石しの。同じクラスじゃなかったらしいんだけど、図書室でよく顔を合わせてたって……わかるか？」

「……悪い、よく知らないわ」

目の前がまっ暗になった状態でぼくはかろうじてこう答えた。この期に及んでなお虚勢を張ろうとあがいたのか……それはちょっと違う。ありえない話だけど、ぼくの知っている白石さんとは別人だと全否定したかった、ただそれだけだった。

「おまえさ、気の毒だったな」

なんともいえない憐れむような表情で吉川はぼくを見た。

なにが？　気の毒って、なにがだよ？

ぼくは吉川に摑みかかりたかった。これまでのすべての努力を水の泡にしないためにもそうするべきだったのだ。でも実際には指ひとつ動かすことができなかった。視線をそらし、意味不明のにやにや笑いを浮かべながらぼくはあとずさった。

「あ、は、冗談」

云うと同時に逃げだした。脱兎《だつと》のごとく。それは誰の目にも逃げだしたようにしか映らない最低最悪のやりかただった。

気づくとぼくは跨線橋の上にいた。どこをどう走ってここまでたどり着いたのか、自分でもよく覚えていなかった。走る電車を眺めながら、終わったな、と思った。女子にいじめられていたデブのチキン野郎。吉川はきっとみんなにばらすだろう。明日から学校でどうふるまえばいいのかわからなかった。果たして自分に明日がくるのかどうかさえわからない。心が向かうのは過去にばかりだった。どの時点でどうするべきだったのか、誰か教えてほしかった。

そんなとき、あのおじさんに声をかけられたのだ。

飛び降りるんですか、と訊ねられて、ぼくは大きく動揺した。ある意味図星《ずぼし》だったからだ。実行に移そうと本気で思っていたかと問われると自信はないけれど、このまま消えてしまってもかまわないと心のどこかで考えていたのは確かだった。やっとうまく逃げおおせたつもりでいたのに、どこにも逃げ場なんてないのだと思い知らされたぼくにもういくあてはなかった。

だから夜になるまであそこにじっとひとりでいたらどうなっていただろう。絶望の朝を迎えないためにぼくはどうしただろう。だけどなんていうか、おじさんから直球の質問を投げつけられて、はっとわれに返った。自分が選んでいたかもしれない可能性をずばりと云いあてられて目が覚めたのだ。おかしなおじさんに絡まれて、こんなところにいてもしょうがないと思うくらいには少なくとも冷静さをとり戻した。そのあとのことはまったくの予想外だったけど。あんなやりとりのあとで、じゃあ気をとり直してもう一度、とはぼくでなくてもなかなかいかないに違いない。

大人らしくないはた迷惑なおじさんは、明日の朝も杖の男の人に席をゆずるんだろうか。まあ、ゆずるだろう。例によって真ん前に立たれてはじめて気づいた顔をしながら。きっとあれなんだよな、すき間の空ばかり見てるから突然視界に入ってきた男の人に驚いてしまうんだろう。その人がおじさんに見えない手を伸ばし、おじさんはそれを律義に握り返すのだ、毎朝毎朝、飽きもせず、無視もせず。

ちょっと変だけど、いい人なのかもしれない。

いい加減でいい人って、両立するんだな、この嘘だらけの世界に。


次の朝、同じ車両で会ってもおじさんはぼくに気づかなかった。ドア近くのぼくの定位置とおじさんの座席は離れているし、もし目が合ったところで昨日のうす暗い跨線橋の上で会った高校生とぼくとが同一人物だとわからないかもしれない。制服姿の男子学生なんてこの中だけでもごろごろいるのだ。あたり前だと思っても、ちょっぴりさみしいような気もした。

いつもの駅で乗ってきた杖の男の人に席をゆずるおじさんを眺めながら、そのお笑い芸人並みのお決まりのリアクションを見て、やっぱりいらいらするな、とぼくはドアのほうを向いて「フッ」と笑った。朝、家を出るまで緊張でかちこちだった身体がやっとほぐれてきたように感じた。

学校に着くと、ぼくはあたりを窺いながらそろそろと教室に入った。気にすまいと思っていたものの、そこまでの度胸はまだないのだった。クラスメイトの朝のあいさつにも態度にもとりたてて変わった様子は見受けられなかった。ひょっとして吉川はまだばらしていないのだろうか、そう思って席に座っている彼のほうをちらりと見てみたが、なにやら熱心に読書をしているらしく、ここからでは表情を読みとることができなかった。

休憩時間、ぼくは本を開きかけた吉川のひじを無言で摑み、階段の踊り場まで連行した。びくびくしててもはじまらない。腹をくくって直接確かめようと思ったのだ。

「あー、昨日のあれ、悪かったな」

「……？」

こっちが訊くつもりだったのに、なぜだか先に謝られてしまった。

「しのに怒られたよ、あなたはデリカシーがないって」

しのって、ああ、白石さんのことか。

「気の毒なんて軽々しく云ってすまなかった」

「みんなにばらさないのか？」

「ばらしてどうするんだよ。それくらいの配慮はおれだってできるさ」

「ふうん」

ぼくは気の抜けた返事をした。ひとまず安心したけれど、ぼくの黒歴史を吉川が握っていることに変わりはないし、それよりなにより一番知られたくなかった白石さんにずいぶん前からばれていた事実に変わりはない。しかも白石さんが彼女だというのだから、ぼくがこれから目の前の吉川に対して嫉妬心と敗北感を抱き続けるのはほぼ確定したということだ。

「このままでいいのか、いけないのか……」

思わず苦悩が口をついて出てしまったぼくを見て、吉川は目を瞬いた。

「それ、昨日同じことをしのに云われたんだ。あなたはこのままだと大事な友だちをひとり失くすかもしれないけれど、ほんとうにそれでいいのかって」

「え」

「それでなんでか知らないけど、この本を渡された」

吉川が持っていた本のカバーを外す。タイトルは『ハムレット』だった。

「なあ、これってやっぱ、そういう意味だよな？」

おそるおそるといった感じで吉川がぼくに訊ねた。なんのことかわからなくて首をかしげる。

「おまえをいじめた女子たちをおれがこらしめてやれってこと……」

「ええっ、なんでそうなるんだよ⁉」

驚きすぎて大きな声が出た。吉川は周囲をはばかるように視線をきょろきょろと動かしながら、手でぼくに声を抑えるようジェスチャーした。

「だって『ハムレット』って復讐劇だろう？　父親を殺した相手に復讐するかしないか悶々とする話。違うか？」

「違……わないかもしれないけど、ぼくもちゃんと読んだことないから。でも違うよ。この件に関しては絶対に違う。ぼくは復讐するつもりは全然ないし、してほしいとも思わない。誤解だよ」

「なんだ、よかった。おれ、暴力とか苦手だからさあ」

情けない声をあげる吉川の表情は間抜けで、こいつこんなキャラだったっけ、とぼくは思った。

「だめだろ、女子に暴力は。つか、男でもだめだけど」

「だよな、うんうん。しのがさ、かわいいんだけどあいつ、けっこうこわいんだ。理詰めでくるタイプっていうか、白か黒か二者択一で迫ってくるんだよ。そうなるとなんかさ、逃げ場ないわけよ」

「そうなんだ」

云いつつ、白石さんはその生まじめさがいいのだとぼくは云いそうになった。あのころの彼女も裏でいじめられているぼくを見かねて云いたかったに違いない。だけど正面切って云うことは避けた。『ハムレット』の名言を誤訳だと教えることでなにかを伝えようとしてくれたんだろう。直接云わなかったのはぼくが傷つくことを気遣ってか。それもあるとは思うけれど、実際はぼくという人間が彼女の中で近しい存在でなかったからだと思う。吉川にはまっすぐにぶつかってくる、ぼくはそれが心の底からうらやましかったけれど、くやしいので云うのはやめた。

「でもそっか、よく考えたら、しのがそんなこと云うはずないわ。サンキューな」

「あ、ああ」

いつの間にかぼくが吉川から礼を云われている。なんかおかしな展開だよな、と首をかしげつつ、こんな風に友だちと秘密を共有しあうみたいに腹を割って話したのははじめてかもしれないと新鮮な気持ちになった。

チャイムが鳴り、ぼくたちは急いで教室にもどった。席に座りながら、自分が吉川に口どめしなかったことに気づいた。でも、なんかもうどうでもいい。自暴自棄になったのではなく、ぼくはおおらかな気持ちだった。

なるようにしかならないことは放っておこう。明日起こることは明日にならないとわからない。わからないことは信じられなくてこわいけれど、離れて眺めてみればおもしろがれることもあるに違いない。

ぼくは今、このままでいいと思っている。

第六話　ミイラとり

お天道《てんとう》さまに恥じない生きかたをしなさい。

これは祖父の言葉だ。わたしはそれをとても大事にしている。これまで自分なりにどうすればそういう人生を送れるのかと考えて生きてきたつもりだった。誰かにうしろ指を指されることなく、すこやかにおだやかに毎日に感謝して、多くを望まず慎《つつ》ましく、自然に寄り添う生活を選んだ。お天道さまはいつも見ていてくださる。最良の道だと信じてきたのだ。

なのにわたしは夫をふたり、失ってしまった。

残されたのは子どもが四人、それも男ばかり。

天の法則はわたしにはわからないけれど、これにはなにか意味があるのだろうかと考えずにはいられない。かなしい、けれど、深遠な、天界からのメッセージが。

「まひる、あんた、そうやってめそめそ泣いてばかりいるけど、ひとり目の旦那は死んだんじゃなくて逃げられたんでしょう？　それも女と。家にあったお金まで持ち逃げされて」

「だって、おばさん、いなくなったのは同じだもの。それに未知生さんは亡くなってまだ三月《みつき》よ」

　母の妹、つまり祖父の娘でもある日富恵《ひとえ》おばさんがやってきて縁側でお茶を啜っている。虫嫌いのおばさんがうちにくるのは珍しいことだった。今も湯呑みを持っていない左手でしきりに顔のあたりのなにかを払っている。おばさんには悪いけれど、その仕草は近所の牛がお尻にたかるハエをしっぽで追い払う動きによく似ていた。

「ああ、うっとうしい。あたしはいまだにどうしてあんたがこんな田舎暮らしをはじめたのか理解できないわ。こんな辺鄙でなんにもないところ、子どもたちも嫌がってるでしょうに」

「そうでもないわよ。みんなたくましく育ってくれてるから。風太《ふうた》と光太《こうた》なんて毎日競い合うように太いミミズを捕まえて自慢してくるし」

　わたしはやんちゃな小学生の双子を思い浮かべ、ほほえんだ。そんなわたしを見ておばさんがため息を吐く。

「あんた、それでほんとうにいいわけ?」

「?」

「……まあ、いいわ。それより今の心配は路斗《みちと》のことよ。あれから、どう?　ごはんは食べてる?　夜は眠れてるの?」

「食べてるわ。夜もぐっすり。おばさんが心配するほどのことはないと思う。あの子、見てないの、なにが起きたのかもよくわかってない。だから大丈夫よ」

「大丈夫なもんですか」

日富恵おばさんは語気を強めた。

「あんたはそうやって好き勝手にめそめそして、母親としてそれでいいと思ってるんじゃないでしょうね。一度、路斗をちゃんとお医者に連れていきなさいよ。それが嫌ならあたしがキノイさんのところに連れていってあげる」

「どうして？」

「四十九日の法要で会ったとき、あの子、おかしなこと云ってたわよ」

「？」

「子ども用のお膳、あったでしょ。路斗はまだ小さいから樹《いつき》たちとは別にお子さまランチみたいなのを用意して。それであの子、デザートのうさぎりんごをフォークで刺してしげしげ眺めてるから、あたし、訊いたのよ。食べちゃうのかわいそう？　って」

「ええ」

「うさぎもりんごも食べるものだからかわいそうじゃない。けど、黒いうさぎはおいしそうじゃないからあんまり食べたくないんだって」

「黒い？　どこが？」

「わからないからおかしいって云ってるの。家でもそんな感じの変なこと云ってなかった？」

「云わないけど……。さっきも云ったみたいに、ごはんはちゃんと残さずに食べるの、路斗は。

近ごろは中学生の樹のほうが好き嫌いを云うようになって困ってるくらい。どうしてかしら、昔はあんなにいい子だったのに」

　家の手伝いも進んでしてくれていたというのに、中学生になってから急に部活が忙しいとか土日も用事があるとか云ってよく出かけるようになってしまった。未知生さんがいなくなって農作業が追いつかないのが目下の悩みだ。

「食べものを残すなんて、そのほうが問題。つくることから遠ざかってしまってるから、土の恵みに感謝できなくなってしまうのよ」

「ふつうに反抗期なのよ、樹は。あたしからすれば少し遅いくらいだわね」

「でもおばさん……」

「いい？　まひる。あんたが今見るべきは反抗期の長男でもやんちゃざかりの双子でもなくて、未知生さんと唯一血がつながってる末っ子の路斗よ。未知生さんはあの子を庇って事故に遭ったんでしょ。あんたはその場にいなかったんだし、ほんとうのところ路斗がそのときどう感じたかなんてわかっちゃいないはず。赤いうさぎりんごを見て黒いうさぎだなんて縁起でもない。あたしはそれを聞いてぞっとしたわよ。なにかよくないものにとり憑《つ》かれてるんじゃないかって」

「ごめんなさい、おばさん。わたし、オカルトは……」

「わかってるわよ、あんたがそんなの信じないってことくらい。だからまずお医者に連れていくの。心の病気だって、なにか悪いものが憑いているのと同じことでしょう？」

「え……ええ」

　同じかどうかわたしにはわからないけれど、おばさんにはいつも云い負かされてしまうので仕方なく頷いた。それを見て満足したのか、日富恵おばさんはからからと笑いながらどんと胸を叩いた。

「大丈夫よ、まひる。いざとなったらあんたの不幸ぐらい、あたしがまとめて買ってあげるから」

「あら、おばさん。わたし、別に不幸じゃないわ」

　きょとんと見返すと、訝しそうな顔をしておばさんは問い返した。

「あれだけ毎日泣き暮らしておいて、なに云ってるの？」

「失ったものを惜しむのに涙が流れるのは自然なことよ。でも別に不幸だと思っているわけじゃないの、誤解しないで」

「あんたって子は、もう……」

　大げさにため息を吐かれるのがどうしてなのか、わたしにはわからない。おばさんはそんなわたしを凝視《ぎょうし》しつつ、一語一語区切るように云った。

「よく聞いて、まひる。あんたは、不幸なの。なにが不幸って、自分でそのことに気づいていないことが一番の不幸。あたしが云いたいのはそういうこと」

竹ざるに切った野菜を並べ入れ、天日干しにする。

収穫で余った野菜や出荷するには不揃いな野菜を捨てるのが忍びなくてはじめたことだけど、これを売ってみたらどうかと勧めてくれたのは未知生さんだった。ちょうど栄養価の高いドライフルーツや干し野菜が流行りはじめたころで、お客さんたちの反応もよかった。料理の手間を省けるよう工夫して、スープの具になる根菜類などをそのままセットにしたものや、煮物の具をセットにしたものを数種類つくったらよく売れた。

前の夫が出ていって、要《かなめ》の働き手を失ったわたしは農作業を縮小せざるを得ない状況に追い込まれていた。男手がないのはやはり致命的だった。農業は想像以上に重労働だ。女ひとりでできることには体力的にも限界がある。育てた野菜をそのまま売るのでは、子ども三人を育てるのにじゅうぶんな収入を得られないと悩んだ。収穫量がたとえ少なくても、できた野菜を余すことなく使う製品をつくれば多少なりとも補える、わたしはそう考えた。だから偶然ホテルのイベントで未知生さんに出会ったとき、彼がジャム会社の社員だと聞いて相談しようと最初に思いついたのが野菜のジャムづくりだった。

「いい考えだと思いますよ」

未知生さんはそう云ってやさしく笑った。あの人はいつのときもわたしを真っ向から否定したことがなかった。

「でも個人でするとなると、少しむずかしいかもしれませんね。ある程度の設備と許可が必要ですし、時間もそれなりにかかります。ジャムづくりの基本は火加減と混ぜ加減ですから。ひとつの鍋でジャムができあがるまでの間、目が離せないんです」

「ええ」

「ずっとそばについていることって可能ですか？」

「あ……」

そこまで云われてやっと意味がわかった。農作業は中断できても、子どもの世話はそうはいかない。樹はまだ小学校に入ったばかりで、風太と光太は幼稚園に通っていた。そういう家の事情を知りあって間もない未知生さんに話したかどうか、記憶が定かではなかったので驚いた。

「あの……わたし、羽野さんにお伝えしてましたっけ、子どもが三人いるの」

「いえ」

「じゃあ、ひとりで育てていることも……」

「そうなんですか、大変ですね」

「……」

会話がちぐはぐだな、とさすがのわたしでも気がついた。昔から自分にはこういうところがあると自覚していた。ふつうに会話しているつもりなのに、途中から相手がむすっと黙り込んだり困惑した顔で目をそらしたり。なにが悪いかわからないまま、早々に謝ってもますます相手が気分を損ねるだけだということも。だからそういうときはすっと身を引くのが一番だった。正しいのがどちらかなんてわたしは考えない。お天道さまに恥じないかぎり自分は間違っていないと信じていても、それをすべての人が認めてくれるとは限らないからだ。

「ジャムはもう少し考えます」

「はい」

「また、あの、羽野さんに相談しても……」

「大丈夫ですよ」

「ありがとうございます」

その日はそれで終わりだった。たったそれだけのことのために未知生さんに会いにいった自分はなんだったんだろうと思いながら家に帰った。電話で訊ねればよかったのかもしれないけれど、それは失礼な気がして直接出向いたのだ。迷惑がられた印象はなかったものの、あまり話は進展しなかった。今度お願いするときは、ジャム以外になにか別のものを考えてからでないといけないだろうとわたしは思った。

それにしても、と首をかしげる。

どうしてあのとき未知生さんは、「鍋から離れないでいられるか」とわざわざわたしに質問したのだろう。子育て中だと知らないのなら、農作業のことを心配してくれたのだろうか。今となってはわからないことだ。あの人はやさしい、いい人だったから、他人が気にしないようなところまで心を配ってくれたのかもしれなかった。

次に会う約束をしたのはひと月くらいあとのことだったと思う。

自分から相談にのってほしいと云いながら、なかなか忙しくて連絡ができなかった。あたらしいアイデアも思い浮かばないまま日々が過ぎていく。このままではいけないと思い立ち、電話した。家からかけたので、子どもたちのにぎやかな声が未知生さんには聞こえていたに違いない。

「三輪《みわ》まひるです」

「ああ、はい」

「すみません、ご連絡が遅くなって。わたし、あれからどうしたらいいかわからなくて……。なにもいいアイデアが浮かばないんです。だめですね、せっかく羽野さんが相談にのってくださると云ってくれてるのに」

「気にしないでください」

「あの、それで、もしよかったらなんですけど」

「なんですか」

「家に一度、きてもらえないでしょうか。うちの畑や採れた野菜なんかを直接見てもらったほうがいいんじゃないかって、そう思ったんです。自然とか環境とか、その……わたしのここの暮らしを含めて」

「……………」

「図々しいお願いですみません」

またやってしまった、とわたしは身を縮ませた。背後で子ども三人のうちの誰かのキィーッというサルみたいな甲高《かんだか》い声が響く。

受話器の向こうで沈黙が続くので、いっそ切ってしまおうかと思いはじめた。そうすればもうこの人とは会うこともないだろう。自分から相談を持ちかけておいて申し訳ないけれど、協力してくれる気がないのならこの待ち時間は無駄だった。やきもきと心乱されることからはすばやく離れたい。すこやかにおだやかに、そういう気持ちを保ち続けることが自分にはなによりも大切なのだ。

「いい考えですね」

ふいに声がもどってきて、わたしは再び受話器を耳にあてた。

「ただぼくはよく道に迷ってしまうので、できれば途中まで迎えにきていただけると助かります」

「それはもう、どこへでも」

勢い込んで答えると、くすりと笑い声が聞こえたような気がした。

「ありがとうございます。じゃあ」

今度の日曜日に伺います、と云って電話は切れた。

「……お母さん、お母さん」

遠くで声がして、わたしはずるずるとひき戻される。

「未知生さん、きたの？」

「なに云ってんの、未知生さんはもういないだろ」

「あ……」

天日干しの途中で眠ってしまったらしい。慌てて縁側から上半身を起こす。身体が火照っていた。

「そんなところで泣きながら寝たらミイラになるよ」

「ミイラ？」

「お母さんがつくってるのも野菜のミイラだろ」

学校から帰ったばかりの制服姿の樹が、おもしろくなさそうにおもしろいことを云う。

「わたしもじゃあ、栄養やうまみがぎゅっと凝縮されるわね」

「莫迦云ってないでさ、もっとちゃんとしなよ」

「ちゃんとって？」

「友だちのお母さんみたいに化粧するとか日傘差すとか、気をつけないといけないんだろ、もう歳なんだから。水分カラカラで陽に焼けて、すぐにしわしわのミイラとか、おれ嫌だからな」

「樹、そんなこと気にするんだ」

わたしは「へえ」と感心した。そして日傘を差しながらメイクした顔で農作業する自分の姿を想像して、ちょっと気持ち悪くなった。

「なんだよ、うるさいな」

近ごろはなにかにつけて「うるさい」と云ってくる。日富恵おばさんが反抗期なのだと云っていたからきっとそうなのだろう。それでも文句を云いつつも心配して起こしてくれるあたり、反抗しきれていないところが樹らしかった。

「ありがとね、まだ途中だったから助かったわ」

「ああ、うん。でも、くもってきたから続きは明日にすれば？」

云われて空を見あげると、さっきよりも雲が増えてきた。湿度も高くなりそうな、じとっとした風が吹いている。どちらにしろ寝過ごしたせいで午後をまわっている。夕方にはしまわないといけないことを考えると残りは明日にしたほうがよさそうだ。

「わたしより、樹のほうがお天道さまの顔色を読むのがうまいわね」

「そんなことないよ。思うんだけどさ、もっと楽したほうがよくない？　家の中でもできる自動の乾燥機があるって前に誰かが云ってたけど。陽が射してる時間なんてあっという間じゃん」

「それがいいのよ。機械で乾燥させても意味ないの」

「じゃあさ、あれは？　未知生さんがつくりかけてた箱があったよね。これに入れると太陽の光を集中してあてられるんだって云ってた。乾燥もはやくなるから干し野菜がもっと短い時間でたくさんつくれるようになるって。どうしてあれを使わないの？」

樹が云っているのはＤＩＹでできるというフードドライヤーだった。一面がガラス張りになっていて、太陽光を箱の中に効率よくとり込むことができる。ネットで見つけたのを未知生さんが試しにつくろうとしていたのだ。樹に指摘されるまで忘れていた。

「あれねえ、どこにやったのか忘れちゃった。未完成だったし、たぶん、物置の中を探せばあると思うけど……」

自信なさげに云うわたしを樹が呆れたように眺める。

「前々から思ってたんだけどさ」

「なに？」

「未知生さんって、お母さんのなんだったわけ？」

「？」

質問の意味がよくわからなくて、わたしはゆっくりと一回まばたきをした。

「旦那さん、だけど。樹たちのお父さんの次の」

「それは知ってる。あと、逃げたあいつの話はしなくていいから」

「あ、うん。ごめん」

元夫、つまり樹と風太と光太の父親の話を極端にしたがらないのは知っていたので、わたしは素直に謝った。

「あいつが突然いなくなって、お母さん大変そうだったじゃん。それで未知生さんがきてくれてすごく助かったってうれしそうだった」

「そうね。ほんとうに未知生さんはいい人だったから。畑仕事もよくやってくれたし、あなたたちとも仲よくなってくれた。わたしにはもったいないくらいの人」

「それって……それってさ」

樹が云い淀んだのち、聞こえるか聞こえないかくらいの小さな声で、「役に立つから好きってこと？」と疑問形で云った。

「そんなことないわよ」

咄嗟に否定したが、それが正しい答えなのか自分でもよくわからなかった。未知生さんはやさしくて、元夫も昔はやさしくて、ふたりともいい人だった。いい人に感謝しながら一緒に生きていくことは誰に恥じることでもない、そう思うけれど。

「でもお母さんはさ」

不服そうに口を尖らせながら樹が云った。

「役に立たないものは嫌いだよね」

「ん？　箱の話をしているの？」

「それもあるけど、なんでもだよ。だからおれのこともそのうち嫌いになると思う」

話が飛躍しすぎてついていけなかった。

「おれはもう前みたいに手伝わないからね、家の仕事。学校も部活も忙しいし、他にもいろいろあるんだよ、しなくちゃいけないことが。お母さんは毎日それでいいのかもしれないけれど、おれはよくない。どうしてかって訊かれても、よくないものはよくないんだ。おれはあいつみたいに逃げださない。でもさ、これだけは云っておきたかったんだ」

「……」

「だからおれのこと、嫌いになってもいいよ」

樹の目に涙が浮かんでいる。わたしはこの子になにかしたのだろうかとかなしい気持ちになる。未知生さんだったらこんなときどうしただろう。考えたけれどわからなかった。わたしは未知生さんがいい人だったということ以外、なにも知らなかった。

「嫌いにはならないよ」

それだけ云って抱きしめようかと思ったけれど、手を伸ばしても届かないところに樹は立っていた。陽がかげってきて部屋の中にいる樹の表情をわからなくしている。

「……あのさ」

「うん」

「また誰かに手伝ってもらえばいいと思う。男の人でも女の人でも。お母さんがいいと思ったことを一緒にいいと思ってくれる誰かを連れてきたらいいんだよ。今までみたいに」

路斗を病院に連れていくよう云われていたのに、わたしはぐずぐずと決心がつかなかった。日富恵おばさんが云うようなおかしな言動は家では見られなかった。昼間は機嫌よく遊んでいるし、夜もすやすや眠っている。あの子はまだ五歳なのだ。事故のことを覚えていないのならそれでいいではないかとわたしは思っていた。もしなにか断片のようなものが記憶の底に残っていたとしても、わざわざ病院で検査してさらったところでなんになるというのか。触れなければそのまま沈んでいたものを無理やり拾いあげ、思いがけず尖った破片で大きく裂いて傷口を広げてしまうことだってあるに違いない。

わたしは路斗をできればそっとしておいてあげたかった。

そんな気持ちをうまく伝えることもできずに日々が過ぎ、ある日、しびれを切らしたおばさんが予告なくやってきた。病院ではなくキノイさんのところに連れていくと云って譲らないので、とうとう折れてしまった。昔からわたしはおばさんには勝てない。おばさんの姉である母をはやくに亡くしてから、なにくれとなく世話を焼いてくれる母親代わりのこの人を無下にはできなかった。

「まひる、あんたもいくわよね?」

当然のようにおばさんが誘ってきた。いけばきっとわたしのこともキノイさんに相談するだろう。おばさんはキノイさんの前では開けっぴろげだった。心を開いた者だけが救いを得られると信じていて、そして現実に救われたのだとわたしに事あるごとに語ってきた。キノイさんにはそういう不思議な力があるのだそうだ。太陽のエネルギーを自在に操り幸福に変換できる力。天にましますす神から啓示を受けたある日、キノイさんはきよらかな朝陽を浴びながら自分にその力が宿ったのを感じた。そして人々のために力を使うことこそが自分の生涯の使命と悟ったのだという。

わたしが信じるお天道さまとおばさんが信じるキノイさん。同じであって同じでないふたつの太陽。前者はありのままの自然の姿で、後者は人の形におさまった姿。その窮屈さがどうしてもわたしには受け入れられなかった。お天道さまはあまねく誰の上にも平等に広がっているべきだと思うからだ。

「わたしは遠慮するわ」

「路斗が心配じゃないの？」

「でも……」

キノイさんはけっして悪い人ではない、と思う。ただ会うとわたしはざらざらした気持ちになる。だから会いたくないだけだ。

「キノイさんに会いたくないいんなら、それはそれでいいから、ついてくるだけで」

「そう？」

答えたものの、やはり気がのらなかった。

「だけど、おばさん。ほんとうに路斗はなんでもないみたいにふつうなの。必要ないんじゃないかしら。せっかく覚えていないものを思いださせたりして、逆効果にならないとも限らないし……」

もう一度考え直してくれないかと思って云ってみたけれど無駄だった。おばさんは「はいはい」とわたしを軽くいなして云った。

「必要かどうかはあたしがキノイさんに訊いてあげるから。あんたにまかせてたら路斗がかわいそうだわ」

そんな風に云われては引きさがるしかなく、わたしは路斗をおばさんにあずけた。

夕方、ふたりは仲よく手をつないで帰ってきた。

「日富恵ちゃんに買ってもらったー」

路斗は機嫌よさそうににこにこしながら、つないでないほうの手に握ったりんご飴《あめ》をわたしに差しだした。

「どうしたの、これ?」

「キノイさんちの近くの神社で小さなお祭りをやってたのよ。それで帰りに寄ったの。路斗、今日がんばったもんね」

「うんっ」

おばさんのほうを向いて路斗は元気よく頷いた。

「お母さん、食べていい？」

「いいわよ」

わたしの了承を得ると、路斗はおばさんの手を放し、ひとり縁側に腰かけてりんご飴を食べはじめた。するとどこからか風太と光太が現れて、目ざとく「なにそれ」「いーなー」と云いながら近づいてきた。

「あんたたちのもあるわよ」

おばさんが云うや否や、こちらに向かってわれ先にとダッシュすると、奪うようにそれぞれもらって去っていく。三人並んでおとなしく食べている姿に目をやりながら、数があって助かったとほっとする。

「まひる、あんたあの子たちにちゃんと食べさせてるの？」

「ごめんなさい、おばさん」

なんだか恥ずかしくなってわたしは小さく頭をさげた。

「ごはんはきちんと食べさせてるんだけど、ああいうおやつはわたしがあんまり買わないから、たぶん珍しいんだと思う」

りんご飴の毒々しいほどの赤色。わたしなら絶対買わない。

「そう、ならいいんだけど」

云いながら、まだどこか疑わしそうな目で見られてしまう。いたたまれないような気持ちになって、ごまかすみたいに話題を変える。

「それで、路斗はどうだった？」

「安心なさい。キノイさんがきちんと診てくれたから。ほら、その証拠にあんた、あんなにおいしそうに食べてるわ」

「ええ、まあ」

わたしは仕方なく頷いた。おばさんには悪いが、りんごを食べられるようになったと得意げに報告されても、そもそも食べられなくなったと訴える路斗をわたしは知らなかった。だからほんとうに効果があったのかどうか判断しようがなかった。だけどこれでおばさんが納得してくれたならそれでいいと考え直す。

「おばさん、あの、キノイさんへのお礼は……」

いくらだったかと子どもたちに聞かれると困るので、必然的に小声になっていく。

「いいのよ、もう、それは。いつものことだけど、あたしが好きでやってるだけなんだから」

そう云われるとは半ば予想していた。わたしは毎回おばさんに甘えて自分で出したことがなかった。だから相場もわからない。

「それにね、今日はあまりかからなかったのよ」

「え」

「キノイさんがね、路斗を見た途端に云ったの。自分の力を使うまでもなくこの子は守られているから大丈夫でしょうって」

「どういうこと？」

「さあ、あたしにもよくわからないわ。誰に守られているのか訊いてもはっきりとはわからないみたいなの。まあ、ぼんやりと男の人らしいってことだけね。ねえ、やっぱり、未知生さんなのかしらねえ。まひる、どう思う？」

「未知生さんが……」

そうなのだろうか。あの人ならそんなこともあるかもしれない。ホームから落ちそうになった路斗を庇って自分が落ちるような人だから、このさきもずっと息子をそばで守ろうとしてもおかしくはない気がした。

「ああ、でも、ちょっと違うかもね」

「違うって？」

「路斗を連れていく前に、あの事故のことをくわしくキノイさんに説明してたのよね。それこそ奇跡だって驚いてた。事故のときにはすでに誰かに守られていたから、きっとあの子は助かったんだわ。だったら未知生さんじゃありえない」

あっさり却下された未知生さんが気の毒に思えた。それでは未知生さんは誰にも守られていなかったから路斗の代わりに命を落としたことになってしまうんじゃないか。

「もしかして、おじいちゃん、とか？」

「ええ？　父さんがあ？」

日富恵おばさんは露骨に嫌そうな顔をした。

「まあ、あんたならね。孫の中でも一番まひるをかわいがっていたものね、あの人。わからなくもないわ。だけどひ孫の路斗まではねえ」

どうだろ、と小さく呟いておばさんは黙った。

りんご飴を食べ終えたばかりの双子が晩ごはんは何時かと云ってやってきた。この年ごろの男の子の胃袋は底なしだ。わたしは立ちあがり、おばさんに声をかける。

「今から帰ったら遅くなるから、今夜は泊まっていってよ、おばさん」

「そう？」

迷っている様子のおばさんを安心させるように云う。

「大丈夫よ、ムカデは今年まだ出てきてないから」

「ほんとに？」

「ええ」

以前泊まったときに出てきて大騒ぎだったのだ。

「日富恵ちゃん、泊まるの？」

子どもたちが目を輝かせてまとわりつくと、さすがの田舎嫌いのおばさんもうれしそうだった。都会でひとり暮らしをしているので、たまにはこういう日があってもいいと考えたのだろう、おばさんは思ったよりもすんなりとわが家に泊まることを承諾した。

にぎやかな夕食が終わり、子どもたちはいっせいに風呂に入りにいった。風呂は母屋《おもや》とは別の小屋にある、元夫の手づくりだった。お湯をいちいち薪《まき》で沸かすのはさすがに大変なので、山の水を屋根に取りつけた太陽熱温水器であたためて使えるようになっている。これもお天道さまからの大切な恵みだった。

静かになった台所でコーヒーを淹れ、おばさんに手渡す。

「鳥って夜も鳴くのね。なんだか気味が悪い」

「鳴く鳥は鳴くし、ふつうよ。テッペンカケタカって、あれ、ホトトギスね」

「どういう意味？」

「さあ、意味はないんじゃないかな。鳴き声を音にあてはめたものだから。考えたこともなかった」

「そうなの」

一枚板のテーブルをはさんでおばさんの向かいに座り、ゆっくりとコーヒーを啜る。ふうっと息を吐くわたしを眺めながらおばさんが云った。

「まひる、いつまでこんな生活を続けるつもりなの？」

「いつまでって？」

「もう、いいんじゃない。未知生さんもいなくなって、男の子四人もあんたひとりで育てるなんてどだい無理な話なのよ。子どもたちだって大きくなれば手がかからなくなるかもしれないけれど、そうなったらなったでこんな不便な生活は嫌だって思いはじめるかもしれない。現に今、樹はそんな感じだわね」

「樹がおばさんになにか云ったの？」

「見てればそれくらい、わかるわよ」

おばさんは、やれやれ、と左右の肩を一回ずつ鳴らすとカップを置いた。

「こんなこと云うのもいやらしい話だけど、あたしもあんたもお金がないわけじゃないのよね」

「………」

「あたしはそれでできとうにやってるわ。まひる、あんただって、父さんがそれなりに遺してくれたお金で暮らせば、わざわざ苦労する必要もないのに。前の旦那が持って逃げたのもたいした金額じゃなかったんだし」

「あれは……あのおじいちゃんのお金は、子どもたちがもっと大きくなって必要になったときに使わせていただきます」

わたしはかしこまった口調で答えた。

「今必要だとはどうして思わないの？」

「この暮らしが性に合ってるのよ」

「だけど子どもたちのこと、ちゃんと考えてるとはあたしには思えないわ」

「そんなことは……」

会話が続けば、またわたしは云い負かされてしまうだろう。どうしよう、と考える。子どもたちが風呂からもどってくればうやむやにできるかもしれない。そんなわたしの気持ちを見透かしたように、おばさんは盛大にため息を吐いた。

「なにがいけなかったのかしらね」

「？」

「あんたは父さんのお気に入りでたいそうかわいがられて育ったから。いつも云ってたわよ、まひるが一番だって。姉さん……母親を子どものころに亡くして、父親は仕事で忙しくて、あんたは愛情の受けとりかたを間違っちゃったかもね。父さんのあれはただの猫かわいがり。与えたいだけ与える無節操で無責任な愛情だった。あんたはだから、人からもらうのは得意でも自分から与えることがうまくできないのよ」

きびしい声音ではなく、ため息の続きのような気だるい調子でおばさんは続けた。

「それにはまあ、あたしの責任もあるわね。あんたのことを気にかけつつも、父さんのことが苦手だったあたしはあの人が元気な間は距離をとり続けていたから」

「おばさん……」

「まひる、ほんとうはあのお金を使いたくないんでしょう？」

「……」

「父さんの商売があたしは心底嫌だったわ。あこぎな高利貸しの娘ってさんざんいじめられてきたから。小さかったあんたも成長するにつれてそのことに気づいてきたわよね。お天道さまに恥じない生きかたをしなさいなんて、どの口が云うんだって話」

大好きだったおじいちゃん。わたしはでも、それは祖父の本心だったと思っている。

「おじいちゃんもそう生きたかったのよ、きっと」

「だけどその言葉はあんたに呪いをかけたじゃない」

「呪いだなんて」

「呪いよ」

日富恵おばさんは決めつけるように云った。

「品行方正、清廉潔白、なんでもいいわ。あんたはそれを律義に実践しようとするからこんな偏《かたよ》った生活にしがみつくようになったのよ。それでなけりゃ、修道女にでもなってたはず。違う？」

「わからないわ」

そんな風に訊かれてもわたしには答えられなかった。おばさんはわたしを間違っていると糾弾したいのだろうか。

「だけどまひる、あんたには無理よ。修道女になるのもだけど、この生活を続けることもね。

あんたが信じている神さまはお天道さまで、どんなに困っても父さんの汚いお金を使わせようとはしてくれないだろうし、あんたはひとりではほんとうはなにもできない子なの。誰かに助けてもらって与えられて、それが今まであたり前だったから続けてこられただけで、それをしてくれる未知生さんはもういないのよ。子どもたちもじきに離れていく。そうなる前に生活をリセットなさい」

「ひどいこと云うのね」

　わたしは目を伏せてコーヒーを啜った。

「あんたのためよ。前にも云ったでしょう？　あんたの不幸ぐらい、あたしがまとめて買ってあげるって。あたしは本気よ。子どもたちを連れてこっちにいらっしゃい。そのための準備にあのお金を使いなさい。あんたが使えないのなら、あたしがそのお金を買ってあげる。父さんのお金じゃなくて、あたしが働いてこつこつ貯めたきれいなお金でね。それなら文句ないでしょう？」

「おばさん、働いてたの？」

「なによ、今さら」

　おばさんは目を丸くして、ふっと笑った。

「あたしがこの歳まで働きもせずに遊び暮らしていたとでも思ってたの？　そんな莫迦な。翻訳の仕事よ。語学だけは若いころからやっていたからね。その勉強に父さんのお金を使ったわ」

「そうだったのね」

「それからキノイさん」

「キノイさん？」

「ええ、そうよ。他人から見たらどうかわからなくても、あたしには大切なものだからね。心を開ける相手なんて他にいないわ。ひとりで生きているとなおさらね。あんたもだから、大切なもののためにお金を使えばいいの。それで少し楽しなさい。天気頼みのその日暮らしみたいな生活をやめて余裕を持てば、あの子たちともちゃんと向きあえる、そうは思わない？」

　コーヒーを飲み干したあとの空のカップの丸い底をわたしは見つめた。答えがそこにないのはわかっていたけれど、しばらくそうしていたかった。

「ねえ、おばさん」

「ん？」

「それでわたし、しあわせになれるのかしら？」

「さあねえ」

　おばさんは椅子から立ちあがり、腰をトントンと叩いた。

「あんたがどうかはあたしにはわからないけれど、少なくともあの子たちはしあわせになれるんじゃない？」

薪ストーブの火入れを終えると一気に冬が近づいた感じがする。本格的に使用する前の慣らし運転を昨年までは未知生さんがやってくれていたのだけど、今年は樹がやってくれた。家のことは手伝わないと云いつつも、家族が困っていると必ず助けてくれる、樹はやさしくて頼りになる長男だった。

かといってなにもかもを樹に背負わせるわけにはいかなかった。今年は薪拾いも薪割りもやめ、ワンシーズン使えるだけの割り木をまとめて買った。それだけで冬の労働はずいぶん楽になった。今年は間に合わなかったけど、来年は太陽熱温水器をあたらしいものに替えて床暖房もつけようと計画していた。不便な生活もある程度お金を使って工夫すれば乗り切れる、わたしはだんだんと自信をとり戻していった。療養中のおばさんのためにもなるべく快適に過ごせるようにしたいと考えていた。

日富恵おばさんは今、わたしたちと一緒に暮らしている。

あれからしばらくして、おばさんの病気が判明した。わたしがそれを知ったのは半年くらい経ったころだったと思う。散々わたしを説得しておいて、はじめは何度も催促の電話があったのに気づいてみればぱたりと連絡がこなくなった。夏野菜の収穫に忙しかったわたしは珍しいこともあるものだと思ったけど、それほど気にしなかった。おばさんも仕事が忙しいのだろうくらいに思っていた。

秋になってもなにも云ってこないのでさすがに心配になってきた。こちらから電話をしても通じず、メールの返信もない。一度向こうの家に訪ねにいこうと思っていた矢先、ふらりと現れたおばさんの姿を見て、わたしは絶句した。

おばさんは半分くらいに痩せていた。

細い、というか、薄い。あたしにまかせなさい、といつも叩いていたふくよかな胸の厚みは見る影もなく、叩けば大きく咳《せ》き込んでそのまま くしゃりと折れてしまいそうだった。顔色も血の気を失ったひどい色で、ひと目でおばさんの身になにかよくないことが起こっているとわたしは悟った。

どうしたの、と云いたい気持ちをぐっと抑え込み、「いらっしゃい」とわたしは声をかけた。ふらふらと上体を揺らしながら歩くおばさんの手を引き縁側に座らせると、わたしは天日干しに並べていた干し野菜からとりわけ色の濃い栄養のありそうなものをチョイスして台所に向かった。

冷蔵庫から厚切りのベーコンをとり出して角切りにし、鍋で干し野菜と一緒に炒めてから水と牛乳を入れて煮込む。手づくりのベーコンも搾《しぼ》りたての牛乳も近所の牧場から手に入れたものだ。干し野菜はすぐに火が通る。本来は水にもどしてから使いたいところだが、半干し程度の乾燥具合だったのと一刻もはやくつくらなければという突き動かされる思いでそのまま調理した。市販のルウを割り入れると、あっという間に野菜チャウダーが完成した。

湯気の立つお椀をおばさんのすぐ横にそっと置くと、わたしは黙って見守った。

おばさんもなにも云わなかった。

お椀を手に持ち、くん、と一回鼻をひくつかせてから、不思議そうな顔でしげしげとのぞき込む。ゆっくりと木製のスプーンをお椀に浸し、野菜チャウダーをひとさじすくうと口もとに持っていった。くすんだ色の唇が開き、しわんだのどがごくりと上下するのを目にして、やっと安心したわたしは詰めていた息をそろそろと吐きだした。

首をかしげながらおばさんは数回スプーンを往復させ、それからおもむろに口を開いた。

「おかしいわね。あたし、なにも食べられなかったのよ」

「ねえ、いったいどうしたの？　おばさん」

「それに味なんてほとんどわからなかったのに。野菜の味がする。ミルクの味も。全部濃くて甘いの、なんなの、これ」

半分怒ったように云うと、わたしの質問など耳に入らない様子で一気に平らげた。残り少なくなりスプーンですくうのがむずかしくなると、お椀に両手を添えてもどかしそうに最後の一滴まで飲み干す。お椀を静かに置き、ほうっとあたたかい息を吐いてから、おばさんはこれまであったことを語りはじめた。

「乳がんが見つかったの。定期検診の結果でね、すぐに精密検査を受けにいったらがんだって、びっくりよ。それでしばらく入院してたの。幸いよくないところは全部切ってもらったから心ために心配させてるんだから、あたしが自分の看病をさせるたいでわたしはほっとした。


配ないわ」

「するわよ、心配。なんで云ってくれなかったのよ」

「だってまひる、あのタイミングであんたに云ったら、まるであたしが自分の看病をさせるためにあんたたちを呼んだみたいになるじゃない」

依然声に力はなかったものの、いつものおばさんのしゃべりかたでわたしはほっとした。

「そんなのどうでもいいのに」

「よくないわよ。あたしがそれじゃ、よくなかったの」

「もう……」

「それにしてもまいったのは手術のあとの抗がん剤治療ね。再発防止のためっていうのはわかるけど、吐くわ食べれないわでみるみる痩せちゃって。見てよ、情けないこの身体。治したあとのほうがよっぽど病人みたい。お金があってもこればっかりはどうしようもないわね。キノイさんに相談にいっても全然よくならないし。今度ばかりはあたしも気落ちしちゃってねえ」

長年頼りにしていたものが両方ともあてにならないとわかったのだから、そうなって当然だろう。途方に暮れた顔つきのおばさんを見ていたら、ぱっと天啓《てんけい》のように閃くものがあった。

「ともかくおばさん、体力をつけなくちゃ」

わたしは元気づけるように云った。

「さっきの野菜チャウダー、うちの干し野菜でつくったの。牛乳やベーコンはご近所の牧場から。すべてこのあたりの新鮮なものばかりよ。おばさんが食べられたのはそれを身体が求めているからだと思う。きちんとしたものを食べて寝て、それでお天道さまの光を浴びるの、毎日欠かさずに。ねえ、絶対にそうするべき。ここで一緒に暮らしましょう」

「いつもあたしとしゃべってるときは逃げ場を探すみたいな目で見てたくせに、まひる、あんた今はやけにまっすぐ見るのね」

おばさんはまぶしそうにわたしの顔を見てそう云った。

引っ越しが終わり、おばさんはわたしたちのもとへやってきた。きれいなお金で汚いお金を洗い、わたしはようやくそれを使う決心がついた。おばさんを守るため、子どもたちを守るため、なによりここでの生活を守るため、誰にもうしろ指を指されない、これこそがお天道さまに恥じない生きかただと胸を張れる。

おばさんの体調も少しずつよくなっているようだった。げっそりとこけたほおもふっくらと赤みがさし、ぎすぎすした身体の線もだんだん丸みを帯びてきた。毎朝の散歩、日中も調子がよければ干し野菜づくりを手伝ってくれることもある。畑仕事はむずかしそうだけど、いつかしてみたいとも云っていた。おばさんはよく食べ、よく寝た。太陽の光を浴びるからか、薬の力を借りなくても夜ぐっすり眠れるのだと云って笑った。

「ああ、しあわせだわ」

一日の終わり、沈みゆくお天道さまに感謝しながら縁側に並んで薬草茶を飲んでいると、おばさんがしみじみと云った。

「でも、なんだかねえ」

「ん？」

「ミイラとりがミイラになっちゃったわねえ」

「違うわよ。おばさんはちゃんとミイラを手に入れたんだから」

「どういうこと？」

きょとんとした顔で見返される。

「ミイラとりのミイラって、当時の万能薬のことを指すらしいわ。ミイラになる、はその薬までたどり着けずに途中の砂漠で息絶えた人のこと。おばさんはここまできて薬を手に入れた。この生活こそが薬なんだとわたしは思う。違う？」

前に樹にミイラになると云われてちょっと気になって調べたことがある。ミイラもしくはミルラという死体に塗るための防腐剤が万能薬として珍重されていた話。ミイラを漢字にすると木乃伊と書くのもおもしろい偶然だった。

「うまいこと云うわね」

そう云っておばさんは大事そうに湯呑みを抱えながらずずっと啜った。

「あんた、泣かなくなったわね」

「そういえば」

云われて気づいた。いつから泣かなくなったのか、自分でもよくわからなかった。

「ねえ、おばさん」

「なによ」

「おばさんから見て、わたしってまだ不幸に見える？　それともしあわせそうに見えてる？」

たっぷり十秒はわたしの顔を見てからおばさんはそっけなく答えた。

「さあ、知らないわ。とどのつまりさ、なにを信じればしあわせかどうかは他人には決められないってことなのよ」

「それもそうね」

冷えてきたわね、と云っておばさんは中に入っていった。なんとなくわたしはそこに残って、お天道さまが消えるまでぼんやり眺めていた。

沈み切る瞬間、ふと、未知生さんはしあわせだったのだろうか、と考えた。他人のしあわせはわたしには決められないけれど、一度くらい問いかけてみればよかった。わたしたちは夫婦だったのだから、それぐらいすればよかったのだ。

わたしにとって未知生さんはやさしい、いい人で、それだけの人で、それだけ大切な人だったのに。

その夜はじめて、わたしは未知生さんのために涙を流した。

第七話　サンタクロースはこなかった

未知生さんが死んで、十三年経って、ぼくはどうにも釈然としないまま大学生になった。はじめての夏休み、ぼくはおばあちゃんの家に遊びにいくことに決めていた。おばあちゃんは未知生さんの母親だ。十三回忌でひさしぶりに会って、ひとまわり小さくなった姿に愕然《がくぜん》とした。ぼくが大きくなったからなのかもしれないけれど、未知生さんが死んでからずいぶん時間が経った現実を、未知生さんそっくりのおばあちゃんに投影する形で思い知らされた。これからその縮図はだんだん小さくなって、いつかは消えてなくなってしまうかもしれない、そう思ったら、なんとも云えない焦燥感を覚えた。人はいつか死ぬ、死ぬ人は死ぬ、突然死ぬ、そういうことをたぶん、ぼくは身をもって知っていたのに、今になってどうにかしなければと急に焦るのはおかしい話だった。子どものぼくはきっとわざと考えないようにしてきた。のらりくらりと日々を過ごせば、そのうち大人になれると信じていたのだろう。

「路斗、受験が終わったら遊びにおいで」

ぼくの不埒《ふらち》な想像など知る由もないおばあちゃんは案外元気そうな声で誘ってきた。

「あ、うん……はい」

「ほんとうに大きくなったねえ」

目を細めてうれしそうに見あげられると、なんだか申し訳ない気持ちになる。ぼくは誰に対してもどこかそんな風に感じて生きてきたけれど、おばあちゃんに対する申し訳なさはそれとは別格だった。正直に云えば、そんな思いをしたくないからおばあちゃんに会うのを避けていた時期もあった。

五歳のとき、未知生さんはぼくの目の前で死んだ。そのことをぼくは自分のせいと思わなければならなかった。そのうしろめたさから今も逃れることができないでいた。

ぼくには長年抱えてきたある秘密があった。

だから単純に自分のせいで父親が亡くなったという罪悪感とは意味合いが違う。みんなに嘘を吐いている、それはそうなんだけどそんなに簡単な話じゃない。ぼくはその秘密の箱の中身を見なかったことにしてこれまで生きてきた。幼くて、正体がわからないまま蓋をして隠してしまったのだ。

それを最近になってようやく自分なりに調べようと心に決めたのは、そんな自分に嫌気が差しはじめていたからだった。ありていに云えば、ぼくは知りたかった。どうしてあのとき未知生さんがそうしたのかを。そろそろ知るべきだと頭の中でなにかがささやいた。ぼくは大人になりたいわけではなかったけれど、ならざるをえない年齢に近づいてきて、名前のない秘密の箱を抱えたままでは重すぎると思うようになった。

小さくなったおばあちゃんを見てその思いは加速した。会えるときに会っておかなければ、訊きたいことも訊けなくなるという切迫感。夏休みに入るとさっそくおばあちゃんに会いにいった。ぼくは父親である未知生さんのことをよく知らなかった。それに法要のあとの食事会でおばあちゃんが気になることも云っていた。その内容についてもっとくわしく訊こうと考えていた。

おばあちゃんは以前は一軒家に住んでいたが、おじいちゃんが亡くなってからは単身用のマンションに移り住み、ひとり暮らしをしている。いわゆる〝サ高住《こうじゅう》〟のような高齢者専用の住まいではなく、ふつうの中古マンションだ。だからぼくが訪れたときも、エレベーターでバンドマン風の派手な若者と乗り合わせて少し驚いた。

「ここ、騒音とか大丈夫?」

部屋に通されてすぐに質問するぼくに、おばあちゃんは一瞬戸惑ったような表情を浮かべた。

「若い人が騒いだりとか、夜遅くに帰ってくる人がいたりとか、うるさくないかなって」

「ああ、そういうことね」

破顔すると目尻にたっぷりしわが寄る。

「平気よ。少しくらいうるさいほうがいいの。耳も遠くなってきたし、あんまり大きくは聞こえないから。それに誰か起きている人がそばにいると思うと逆に安心するのよね」

「そうなんだ」

「路斗は静かな田舎で育ったから余計そう思うのかもしれないわね。まひるさんに聞いたわよ。大学、家から通わずにひとり暮らしをはじめたんだって？」

「うん」

実は騒音に迷惑しているのはぼくのほうだった。安アパートで壁はうすいし住民のマナーもよくない。おばあちゃんの云うとおり、今まで実家暮らしだったから他人の生活音になじめなかった。ぼくが神経質なだけで、ふつうこれくらいの物音はあたり前なのかもしれないけれど。

「通えない距離じゃないでしょうに」

「距離はそうでも、あそこから通うとなるとやっぱり不便だよ。車の免許でもとったら考え直すかも」

「まあ、そうよねえ」

わが家にくるまでの道程を思いだしたのか、おばあちゃんは苦笑いした。

「なに飲む？　コーヒー？　ジュース？」

「炭酸、ある？」

「あるわよ」

おばあちゃんがキッチンで用意してくれている間、ぼくは部屋をぐるりと見まわした。座椅子とセットのローテーブルも背の低い家具も天井から垂れた和風のペンダントライトも、すべてがおばあちゃんのサイズにぴったりだった。不思議の国に迷い込んだような気分でぼくは頭上を気にしながらイ草のカーペットに座る。やっぱりおばあちゃんが縮んだんじゃなくて、ぼくが大きくなったのかもしれない。

「この間、みんなで集まったときのことだけどさ」

「未知生の十三回忌?」

「そうそう。そのときにおばあちゃん、未知生さんのこと、もともと拾いもんの命だったんだからあの歳まで生きられただけよかったってみんなにしゃべってたよね。あれ、どういう意味?」

「そんなこと、云ったかねえ」

「云ったよ」

ぼくは少し強めに云った。おばあちゃんは首をひねりながらサイダーをぼくに手渡し、向かいの座椅子に腰かけた。

「近ごろもの忘れがねえ。まあ、未知生は一度死にかけてるからね、それで云ったのかもしれない」

「それっていつの話?」

「高校の卒業式の日だよ。さすがに忘れないね、あの日のことは。友だちとビルの屋上で遊んでて過《あやま》って落ちたのよ」

「え」

　初耳だった。

「ああ、でも助かったんだから。なんか網みたいなのにひっかかって、そのおかげで下まで落ちずにすんだんだと。警察やら消防やら野次馬やらが集まってきてひどい騒ぎになってね。わたしはおろおろするばかりだったけど、それからしばらくの間いろんな人に云われたものよ、こんな奇跡はないって」

「はあ」

　ぼくは目をぱちくりさせたまま、少し落ち着こうとサイダーを飲んだ。未知生さんの若いころの話とはいえ、ビルの屋上から転落するなんてそれこそ大事件だったに違いない。そんな一大事を自分が知らなかったのはショックだった。まひるさんから聞いた覚えもない。ひょっとするとまひるさんも知らないのではないだろうか。

「昔からちょっと抜けてたからねえ、あの子」

　おばあちゃんはそう云うと、ふふ、と笑った。ぼくはどんな顔をしていいかわからず下を向いていた。ストローをくるくるまわしてグラスの内側の炭酸の泡を意味もなく壊す。手を放すとストローが浮いてきたので慌てて押さえた。

「奇跡って持ちあげられても運が悪いところは悪いっていうか、結局左足の骨を折って入院して、そのせいで入試を受けられなくて一浪したの。路斗は一発で入れてよかったわねえ。もう一年勉強するなんて嫌でしょ」

「それは、まあ」

あっけらかんと問われると、そう返事するしかない。おばあちゃんにとってこのできごとは遠い過去のものなんだろう。だけどぼくの胸中は複雑だった。当時の未知生さんと現在のぼくの年齢がほぼ一緒であること、そのとき助かった命が形は違えども、なんの因果か同じ不慮の事故という形で二十年以上経ってから突然失われる悲劇に見舞われたことに運命の皮肉を感じずにはいられなかった。

そのときだった。

頭の中で点と点がつながったような感覚があった。もしかして……。ある可能性にいきあたったぼくは勢い込んでおばあちゃんに訊ねた。

「怪我ってそれだけ？　未知生さん、頭を打ったりしなかった？」

「別に頭は大丈夫だったと思うけどね。そりゃあ、たんこぶくらいはできたかもしれないけれど、あのときいろいろ病院で検査してもらって、そのあと主治医の先生から云われたのは足の骨折だけだったわよ」

「そっか」

ぼくは無意識にとめていた息をふうっと吐きだした。なんだ、違うのか。それともぼくが考えている仮説がそもそも間違っているのだろうか。

一度気持ちを立て直して深刻な雰囲気にならないよう慎重に、かつ、何気ない風を装って、ぼくはあらかじめ用意してきた質問をおばあちゃんに投げかけた。

「未知生さんてさ、人の顔を覚えるのが苦手だったよね？」


未知生さんの高校の卒業アルバムを借りて、ぼくはおばあちゃんの家をあとにした。なんとなく気落ちしながらとぼとぼと駅までの道のりを歩く。収穫がまったくなかったわけじゃないけれど、「これだ」と飛びついたわりには思ったような答えが返ってこなくて肩すかしをくらった気分だった。


——未知生さんてさ、人の顔を覚えるのが苦手だったよね？

自分としては核心に迫るくらいの問いかけのつもりだった。だけどおばあちゃんは「そんなことはなかったと思うわよ」とあっさり否定した。

「だって近所の野良猫が同じような模様の子猫をたくさん産んだとき、わたしはどれがどれだかさっぱりだったけど、未知生はちゃんと見分けがついていてたからね」

「あのさ、猫じゃなくて人間の話だよ。小さいころじゃなくてもいいんだ。とくに高校を卒業してからそう思ったとか、ない？」

「ないわねえ」

おばあちゃんは首をふって答えた。ぼくがしつこく訊ねるので困惑した様子だった。不安にさせてはいけないと急いで話題を変えた。

「未知生さんの高校の卒業アルバムがあれば見てみたいんだけど」

「あるわよ、ちょっと待ってて」

そう云うと奥の部屋から出してきてくれたのがこれだった。家でそういう類のものを見たことがなかったから、未知生さんは実家に置きっぱなしにしているのだろうと予想していたけど、やはりそうだった。とりとめのない昔話に頷きながら、ぼくはあの事故のとき屋上にいた未知生さんの友人たちの名前をおばあちゃんから聞きだした。そのうちのひとりはお葬式にもきてくれていたらしい。一木澄人さん。この人になら連絡がとれるかもしれない。そう思って卒業アルバムの写真と名前をじっと見つめていると、どうしてだかこの名前というか字面に見覚えがあるような気がしてきた。

思いだせないまま、おばあちゃんに許可を得て借りて帰ることにした。みんなにも見せてあげて、とおばあちゃんはこころよく貸してくれた。帰ってまひるさんに電話してみよう。話せば一木さんの連絡先がわかるかもしれない。

おばあちゃんには悪いけど、卒業アルバムを家族に見せるのはもう少しあとになる予定だった。ぼくはこの夏実家に帰るつもりはなかった。夏休み前にその旨をまひるさんには伝えてあった。夏は帰らないと云うと、「わかった」と短く答えた。こういうとき、どうして帰れないのかとか帰ってこなくてさみしいとか、ごちゃごちゃ云ってこないところがまひるさんらしかった。日々の農作業や軌道にのってきたジャム工房のほうが忙しくて末っ子の帰省にかまっている暇はないのかもしれないけれど、たぶんそれ以前の問題で、あまり小さいころから子どもに関心のある人ではなかったのだ。

うちは両親ともなんていうか、いつもうわの空な人たちだった。のんびりとしたスローライフがそうさせたのかと考えることもあったが、そうではなく、もともとの性分がそうなのだと思う。かといってふたりが似ていたかというとそうでもない。まひるさんは自分のことに熱心で他のことに目が向かない感じ、一方の未知生さんは自分のことにも無頓着《むとんちゃく》だった。

ぼくは自分の父親を一種の世捨て人のようにすら感じることもあった。実際には家のことも子どもたちのことも、未知生さんのほうがよく世話をしてくれていたのに。どうしてそんな風に思うのかうまく説明できないけれど、子どもの目から見ても、たやすくどこへでも流されていってしまいそうなおぼつかない雰囲気が未知生さんのまわりには漂っていたのだ。

そんな未知生さんがいなくなって、まひるさんは毎日泣いてばかりだったけど、病気になった日富恵ちゃんと暮らしはじめてからはだんだんとしっかりしてきた。日富恵ちゃんは会ったことのないぼくのもうひとりのおばあちゃんの妹で、事故後、唯一ぼくの変化に気づいた大人だった。おばあちゃんと呼ぶのも変だし、本人も年寄りくさい呼びかたを嫌がったので自然とこうなったらしい。ちなみに未知生さんをお父さんと呼ばないのは他の兄弟たちがそう呼んでいたからで、そのあたりは子ども心に父親が違う兄弟たちへの遠慮が多少なりともあった。逆にまひるさんをお母さんと呼ばないのは家族でぼくだけで、こっちは少し大きくなってから、ほんとうの父親をお父さんと呼ばなかったのにお母さんだけ呼ぶというのは未知生さんに失礼ではないかとある日気づき、ぼくが意識的に呼び名を変えたのだった。

一番上の樹兄《にい》が昨年家に帰ることが決まってから、敷地内にジャム製造専門の別棟が建てられた。樹兄は一度は都会で就職し家を出たものの、とうとう家業を継ぐ決心をしたようだった。まひるさんも樹兄もあたらしい事業をはじめることに積極的で、そのとき野菜ジャムづくりのあれこれを未知生さんが以前勤めていた会社の同僚にいろいろ相談したらしい。人をさらに雇い、畑仕事のほうも人手は足りているようだから、ぼくが帰ろうがどうしようがとくに問題はないはずだ。日富恵ちゃんはのんびりと翻訳の仕事を続けながら、たまにジャム工房のほうも手伝っていた。

けっして家族が嫌いなわけではないけれど、離れた場所で暮らしはじめてから、ぼくは少し息がしやすくなった。家にいれば常に誰かの気配を感じてしまう、完全にひとりになるのは不可能だった。未知生さんの事故に関してぼくは誰からも責められたことはない。だけど時々わっと叫んで駆けだしたくなることがあった。未知生さんが亡くなったのは十二月二十二日。お葬式はクリスマスイブ。

あの年からわが家にサンタクロースはこなくなった。

駅のホームに電車が入った瞬間、ぼくの視界はモノクロになった。

かなりひさしぶりのことだったので動揺したものの、大丈夫、と自分に云い聞かせる。静かに目を閉じ、深呼吸する。焦ってはいけない。ここではなにも起きない。悪いことはなにも。ゆっくりと心の中で一から十まで数え、目を開ける。ふわりと色彩が舞い降りてきて、もとの景色にもどった。

おばあちゃんの家にいって未知生さんの学生時代の事故の話を聞いたせいだろうとぼくは冷静に分析する。こうなる状況は自分でも理解しているつもりだった。未知生さんの死を強く意識するとき。駅のホームというのも重なって何年かぶりになってしまったようだ。

はじめはあの事故のときだった。未知生さんが落ちたところからの記憶がぼくにはなかった。電車のブレーキ音と同時に急速にすべての色が失われ、気づいたときには周囲は騒然となっていた。誰かがぼくを抱え、「怪我はない？」と訊いてくれた。その人の顔も白黒でのっぺりとしていた。駅の医務室に運ばれてしばらくしても色はもどってこなかった。それが不思議でたまらなかった。ベッドの上できょろきょろとあたりを見まわしているうち、もどってこないといえば未知生さんももどってこないけどどうしたんだろう、とぼんやり思った。その辺の大人にも訊ねたはずだ。のっぺりとした制服姿のひとりが「心配ないから」と云い、別のスーツ姿ののっぺりが「きみはお父さんに助けられたんだよ」と断定的に云った。ぼくは頷いた。どうしてこのとき頷いたのか自分でもよくわからない。にわかに現れたモノクロの世界の住人たちに気圧《けお》されて、逆らわないほうがいいと判断しただけのような気もする。

次にやってきたのは制服姿だけど女の人だった。今考えると女性警察官だったのだと思う。やさしくいくつか質問されたけど、ぼくはろくすっぽ答えられなかった。無理もないわ、と云ってその女性ののっぺりは泣き笑いのような表情を浮かべた。ぼくはなんだか自分がとても悪いことをしているような気がした。すると最後に「これだけは覚えてるかな？」と質問された。

「お父さんが腕をひっぱったんだよね？」

ぼくは少し考えてから、うん、と頷いた。それで未知生さんがホームから落ちそうになったぼくをひっぱりあげた拍子にバランスを崩し、過って自分が落ちてしまい電車と接触したという図式ができあがったのだ。

それから家に帰っても、ぼくはわりと元気だった。まひるさんや他の大人たちが慌ただしく出入りしても、ふだん騒がしい兄弟たちが黙りこくって動かなくなっても、ぼくだけはふつうに過ごしていた。過ごそうとしていた。これも今になって考えるとだけど、世界が色を失うという異常事態に子どものぼくは呑み込まれまいと必死だったのかもしれない。こんなことはたいしたことではないと気にせず今までどおりふるまうことで、いつかすべてがもとどおりになると信じていた。ある種のバイアスがかかった状態だったんじゃないかと思うのだ。

未知生さんのお葬式が終わり、家族がなんとか日常をとり戻したころ、ぼくの目もいつの間にか治っていた。これで終わりかと油断していたら、未知生さんの四十九日の法要で喪服を着た人々が集まってくるとまたなってしまった。それでつい口をすべらせたのを日富恵ちゃんに聞き咎められたのだ。

　ぼくは日富恵ちゃんに連れられてキノイさんという人のところにいった。この日のことはよく覚えている。知らない人の家にいくのは不安というよりわくわくのほうが大きかった。まひるさんがいないのもよかった。日富恵ちゃんと向かう途中、小さな神社でお祭りをやっていた。ぼくの興味はすぐにそっちに移った。つないだ手を強く引くと、日富恵ちゃんが「あら、お祭り」と云って立ちどまった。

「路斗、キノイさんの帰りに寄ろうか」

「うんっ」

　ぼくは元気よく返事をして歩きだした。ますますキノイさんの家にいくのがたのしみになっていた。

　住宅街の一角にキノイさんの家はあった。古い洋館風の三階建ての立派な建物で、周辺のせせこましい建売住宅の並びからは浮いていた。門を入ると正面に水をたたえた大きな陶皿のようなものがあった。水面には陽光が集まり、照り返しがまぶしいくらいだった。

「手を清めてから中に入るのよ」

　日富恵ちゃんに云われたとおりにぼくは手を浸した。ぬるいと思っていた水は予想外に冷たくて気持ちよかった。水面が揺れて光が拡散し、ぼくを不安な気持ちにさせた。ちょっと帰りたいかも、と思った。

慣れた感じで日富恵ちゃんは家の中に入っていった。玄関に鍵はかかっていなかった。長い廊下の先に部屋があり、そこにキノイさんがいた。

「こんにちは、路斗くん」

「こんにちは」

低く落ち着いた声とはちぐはぐな珍妙な恰好をしていた。この家の重厚な雰囲気とも全然合わない。派手な色の着物を何枚も重ねて羽織っているような、どうして歩きながら脱げないのか首をかしげてしまいそうな服装だった。そうだ、このときすでにぼくの目はもとにもどっていた。法要から日にちが経っていたのであたり前といえばあたり前だった。今日ここに連れてこられた意味をよくわかっていなかったぼくが、ただ単に日富恵ちゃんに伝えていなかっただけだった。

「ああ、でも、この子は大丈夫なようだね」

やはり口調だけは紳士的にキノイさんは日富恵ちゃんに向かって云った。

「わたしが力を使うまでもなく、この子は守られているよ」

「まあ。誰にです?」

「そこまでは……そうだね、ぼんやりと……男の人かな」

「男の人……」

日富恵ちゃんは考えている様子だった。キノイさんが近寄ってきて、屈みながらぼくの目線に合わせると小声で云った。

「お父さんに助けられたこと、忘れちゃいけないよ」

「？」

「きみも誰かを助ける人になりなさい。わたしのように。奇跡は天からの贈りもの。誰かに分け与えないと意味がないんだ。いいね？」

ぼくは返事ができなかった。キノイさんは慈愛に満ちた瞳でぼくを見つめていた。きっとぼくが感動して力強く頷くのを待っていたんだと思う。でも無理だった。

なんだか莫迦莫迦しくなって、ぼくは日富恵ちゃんに大きな声で訴えた。

「はやくお祭りいこうよ」

「まあ、この子ったら」

慌てたように日富恵ちゃんがきて、ぼくをキノイさんのほうに向けようとした。

「いいんですよ、日富恵さん。この子はちゃんとわかっている。聖水に手を浸した瞬間に目も治っているはずだ。そうだね？」

しつこいので仕方なく頷いた。そんなもの、とっくの昔に治ってるんだけど。ぺこぺこと頭をさげながらお礼を云う日富恵ちゃんを置いてぼくは歩きだした。なんだかむかむかした。つまらないお遊戯会の劇につきあわされている感じだった。大げさな舞台に大げさな衣装、あれだけ準備してヘタなお芝居しかできないなんて、大人はなんてつまらない生きものなんだろう。

神社のお祭りで日富恵ちゃんにりんご飴を買ってもらうまで、ぼくは不機嫌だった。

家に帰って縁側に座ってりんご飴を食べた。外側の飴が甘くてパリパリしておいしい。こういう屋台のものはまひるさんは買ってくれないからうれしかった。未知生さんは内緒で買ってくれた。お母さんには秘密だよ。いつだったかそう云って、こっそりふたりでいった縁日で綿菓子を分けあって食べたことをぼくは思いだした。キノイさんが云うような胡散くさい奇跡とかどうでもいい。誰かと分かちあうなら、ぼくは未知生さんと虫歯になりそうなほど甘いお菓子や秘密を分かちあいたかった。

でももう未知生さんはいない。

お菓子はひとりで食べ切れても、秘密をひとりで抱えるのは食べ過ぎたあとみたいに胸のあたりが苦しかった。

ぼくは未知生さんに助けてもらってなんかなかった。

未知生さんが助けたのは別の子だ。全然見たこともない、偶然あの場に居あわせただけの知らない子。

ぼくじゃなかった。

ぼくじゃないその子の代わりに未知生さんは死んだのだ。

約束の喫茶店に急ぎ足で向かうと、指定された奥の席にすでにその人らしき姿があってぼくは焦った。少し寄り道をしたのでぎりぎりになってしまった。レトロな雰囲気の喫茶店のドアを開けた瞬間、柱の鳩時計が時間ちょうどを告げた。

「すみません、遅くなってしまって」

小走りで近づくと、仕事用の資料らしきプリントに目を落としていた人物がゆっくりと顔をあげた。

「羽野……路斗くん？」

「はい」

「うわあ、あのときの子が……そうかあ」

一木澄人さんは感慨深げにぼくを眺めると、「まあ、座って」と向かいの席を手のひらで示した。

「失礼します」

「大学生、だっけ？」

「はい」

「緊張しないでよ。なんかぼくも緊張してきちゃうからさ」

一木さんは笑って云った。そしてぼくが右手に抱えていた本屋の紙袋に目をやった。

「あれ？　それ、もしかして……」

「あ、はい」

しまった、とぼくは思った。これではついさっき買ったばかりだと云っているようなものだ。会う前にきちんとバッグの中にしまっておくべきだった。

「なんか気を遣わせちゃって悪いなあ」

気分を害した様子もなく、一木さんは照れくさそうに頭をかいた。未知生さんより白髪の割合が多かった。

「あの、違うんです。本は確かに今買ってきたんですけど、ぼく、ウェブ連載のほうは読んでて、すごくおもしろいなって」

「ありがとう」

一木澄人の『そうじゃない日記』。ぼくが名前に見覚えがあるように感じたのは、SNSのタイムラインに流れてきた記事を何度か目にしていたからだった。ウェブの長期連載を経て書籍化された『そうじゃない日記』は今けっこう話題になっていた。中年オヤジが知りたいことや疑問に思っていることを体当たりで取材した記事で、実際にその場にいって体験したり時間をかけて潜入したり、会いたい人にはアポなしでも突撃したりとはじめはやや色ものに見られていたのが、徐々にその真摯《しんし》さと誠実さに心打たれた読者が増えていった。若者のぼくが云うのもなんだけど、少年のようなまなざしでまっすぐに書かれた文章には独特の熱量があって、それでいて勢いだけじゃない丁寧さがあった。時にユーモアを交えてわかりやすく、すっと心に届く。多くの読者を獲得したのも頷ける記事だった。

ぼくが一木さんに未知生さんの話を聞かせてほしいとお願いした最終的な決め手も、お葬式にきてくれたからだけではなくて、この人なら嘘を吐かないだろうと思ったからだった。

「あの連載はさ、云うなれば未知生がぼくに書かせてくれたんだよね」

「？」

「あと押ししたんだ、未知生の言葉がぼくの背中を。いけいけいけいけーって」

「え？　いけいけ……」

未知生さんはそんな風に云う人だったっけ。ぼくが困惑した表情を見せると、一木さんは「ごめん、最後のはぼくの台詞だった」と云っていたずらっぽく笑った。

「でもほんとなんだよ。あいつが学生時代に云った言葉がぼくを動かした。本人がそういうつもりで発したかどうかは確かめようがないけどね。それこそ、そうじゃないって怒られるかもしれないけれど」

「そうだったんですか」

「まあ、あいつは怒らないよ。怒ってるところなんか見たことがない」

「ぼくもです」

ほほえみを交わすとやっと緊張がほぐれてきた。

「で、学生時代の未知生の話だよね。なんでも訊いてよ。その前に路斗くん、おなかは？　ここの卵焼きサンドは厚焼きふわふわで絶品だからおすすめだよ。ひとりで食べるのもあれだしさ、つきあってくれるとうれしいんだけど」

「じゃあ、遠慮なく」

アイスコーヒーふたつと卵焼きサンドひと皿を一木さんが注文し終えると、ぼくは話を切りだした。

「未知生さんが高校の卒業式の日に過ってビルから落ちたって祖母に聞いたんですけど……」

「ああ、肝試しビルのことだね。いや、度胸試しビルだったかな」

「そのときのこと、覚えてますか？」

「もちろんだよ」

一木さんは大きく頷いた。

「高校生活の最後にまさかあんな大事件が起こるなんて、驚いたなんてもんじゃなかったね。こういう云いかたはなんだけど……あのときあの場にいたぼくら全員、あいつは死んだと信じて疑わなかったからね。しばらく呆然として誰も動けなかったんだ。助かったのは奇跡だったって今考えてもそう思うよ」

「奇跡、ですか」

また奇跡か。ぼくの口調にうんざりしたものを敏感に感じとったらしい一木さんがわずかに首をかたむけた。

「きみは奇跡という言葉が嫌いなのかい？」

「嫌いですね」

　正直に答えた。

「頼んだ覚えもないのに、見えもしない人智を超えた力に感謝しろって迫られてるみたいで鼻につきます」

　運ばれてきたアイスコーヒーを飲みかけた一木さんが吹きだしそうな顔をしてから慌てて飲み込んだ。

「おもしろいことを云うね」

「すみません、話の腰を折って」

「いいんだよ。ぼくの云いかたが悪かった。訂正するよ。あのビルとビルのすき間を飛び越える遊びはぼくたちが小学生のころに一時期流行っていたんだ。それに気づいたどちらかのビルの管理会社が危険だからと転落防止用のネットをあらかじめ張っていた。ぼくたちはただそれを知らなかった。知らなかったから奇跡だと思っただけで、ほんとうは無知だったというべきかな」

「なるほど」

「まあ、そういうわけで未知生は助かった。足の骨は折ったけどね」

「頭を打ったとかは？」

「いや、そういうことはなかったと思うけど」

だいたいおばあちゃんから聞いた話と同じだった。ぼくはさらに突っ込んだ質問をすることにした。

「変なことを訊くんですけど、その事故の前とあとで、未知生さんの印象が変わったってことはありませんでしたか」

「ん？　どういう意味？」

「たとえばですね、人の顔をよく間違えるようになったとか……」

「…………」

ぼくの質問に一木さんは黙り込んだ。何事か考えているようだった。ぼくは再び緊張しはじめた。この人は嘘を吐かないだろうという予想は翻《ひるがえ》って、この人には嘘を吐けないということになってしまうんじゃないだろうか。

「……会ってないんだよ」

「え」

「入院中に見舞いには何度かいったけど、それ以来、未知生とは会ってない。だからわからないんだ」

「そうだったんですね」

お葬式にきてくれたぐらいだから、ふたりはずっと交流があったのだと思っていたけど違ったのか。ぼくは落胆を隠すようにアイスコーヒーをごくごくと飲んだ。そのタイミングで遅れて運ばれてきた卵焼きサンドがテーブルの中央に置かれる。あざやかな黄色が目に沁みた。

「路斗くん、もしかしてきみは未知生が死んだ原因をあの事故の後遺症のようなものだと考えているのかい？」

「いえ、あの……」

「頭を打ったことで脳に障害が残ったとか、左足に麻痺が残ったとか、そういうことが現実にあった？」

「違うんです、それは全然。まったくない、ないんです、すみません」

まさか自分が尋問される側になるとは想像もしていなかったぼくは焦った。未知生さんに会っていなかったのならそんな風に思われてもおかしくはない。でもそうじゃない。未知生さんに日常生活を送るうえでの身体的な問題はなにもなかった。そして厳密に云えば、ぼくは未知生さんがホームから落ちた原因を知りたいのではないのだ。

「ごめんよ、別に責めてるわけじゃないんだ。理由は云いたくなければ云わなくていい。ただぼくは……ぼくも、かな、うん……とりあえず食べよっか」

「あ、はい」

ふたり揃って卵焼きサンドをほおばり、しばらくもぐもぐやった。やわらかくて甘くてほんのりあたたかくておいしい、ほっとする味だった。一木さんはどう云おうかと逡巡《しゅんじゅん》する素ぶりを見せたあと、サンドイッチを手にしたまま口を開いた。

「未知生が、きみのお父さんが死んだって聞いたとき、ぼくがまずなんて思ったと思う？」

「？」

「似合わない、だよ。息子を庇って自分が死んだとか、そういうヒーローみたいな死にかた、あいつには全然似合わなかった。納得できなかった、自分勝手だけどね。じゃあどうしてほしかったのかとぼくは考えた。それでわかったのは、あいつにはうっかり死んでほしかったということだけ。ひどいだろ？　でも、ぼくにとってのあいつはそんな存在だったんだ。屋上から過って落ちたのだって、飛び越えようとした瞬間に足がつったなんて理由だったから」

「そうなんですか？」

あんまりな理由にぼくは思わず笑ってしまった。

「そうだよ、そういう鈍くさいヤツなんだ。だからさ、ぼくはたぶん今でも釈然としていない。もしきみがぼくとは別の理由だとしても、あいつの死に疑問を持ったり納得できていなかったりするならば」

「はい」

「それをとめる権利はぼくにはない。ぼくだってそういうスタンスで仕事をしているわけだしね。だけどそれを知ってきみが傷つかなければいいという心配ぐらいはさせてくれ。ぼくにもひとり、娘がいる。路斗くんにとってお父さんはヒーローのままのほうがいいんじゃ……」

「ヒーローじゃないですよ」

ぼくは云った。なるべくそのままの意味で伝わってくれたらいいと思いながら。

「未知生さんはぼくにとって、ただのお父さんです」

「そっか」

一木さんは安心したようにほほえんだ。

「それならただの友人として云わせてもらうよ。あいつは気が弱くて、鈍くさくて、いつも人より遅れてやってきて、全然パーフェクトじゃないし、いい人でもない。でもいいヤツだった。それだけは保証する」

「ありがとうございます」

「……と云っても、ぼくが知ってる未知生は三十年以上前の高校生の未知生で、だから説得力はないかもしれないけれど」

そこで一木さんは言葉を切り、少し考えてから続けた。

「たぶんぼくの知ってる未知生ときみの知ってる未知生は違うんだろうし、あいつが生きて出会った人の数だけいろんなあいつが存在すると思う。それでもさ」

「はい」

「人間、根っこの部分は変わらないっていうか、変わらないでほしいっていうか……これもぼくの願望かなあ」

「それでも、うれしいです」

「そうかい？　なら、よかった」

ほんとうのところはよくわからない。一木さんが云うように、ぼくはぼくの知らないたくさんの誰かと知らない未知生さんを分かちあって生きている。未知生さんがどんな人だったかなんて、誰にもわからないのだ。もしかしたら本人もわかっていなかったのかもしれない。だけど一木さんは自分といたころの仲間だった未知生さんを信じていて、それをストレートな言葉で息子のぼくに伝えようとしてくれていた。その気持ちがうれしかった。

残りの卵焼きサンドをふたりで平らげながら、ふと未知生さんが生きていたらこんな風に一緒に過ごす一日もあっただろうかと考えた。店の鳩時計が返事をするようにポッポーと次の時刻を告げる。

ぼくたちはそれから少し話をして、店を出たところで別れた。なにかあればいつでも相談にのるから、と云ってくれた一木さんに感謝しつつ歩きだす。ぼくの求めた答えは得られなかったけれど、なんだか満ち足りた気分だった。

未知生さんはいつまで経っても風ちゃんと光ちゃんの区別がつかなかった。幼いぼくはそれがとても不思議だった。ふたりが双子だからという云い訳は家族以外でなら通用するかもしれないけれど、いくら血がつながっていないとはいえ、ぼくが生まれるより前から一緒に暮らしている兄たちの見分けがつかないのは理解できなかった。

毎日生活をともにすれば、顔でなくても全体の雰囲気でわかりそうなものなのに、未知生さんはそれもむずかしいらしかった。お風呂あがりで裸で走りまわっているときなんかは完全にお手あげ状態で、ぼくがこっそり風ちゃんと光ちゃんのお尻にあるほくろの位置の違いを教えてあげたこともあった。

ふたりに色違いの服を着せたがるのもそういう理由だったと思う。まひるさんは気にしていなかったけれど、ぼくは気づいていた。そのときはだめな父親だなあとなんとなく思っていたのが、あの事故があって、どうして他の子を助けて死んでしまったんだろうとずっと考えるうち、ひょっとして未知生さんのあの法則は自分にもあてはまっていたんじゃないかという可能性にいきついて愕然とした。

つまり未知生さんは、ぼくの顔を見分けるのも得意ではなかったんじゃないかという可能性だ。

もちろん家にいるときにわからなかったことはない。家族で出かけるときもそんな風に感じたことはなかった。だけどふたりきりの外出のとき、未知生さんはいつもぼくの手を握って放さなかったし、好きでもない目立つ赤い帽子をかぶらされた。

迷子にならないための用心だと信じて今まできたけれど、思い起こせば一度ほんとうに迷子になったときにおかしな空気を感じたことがあった。迎えにきた未知生さんが一向にこっちに近づいてこなかったのだ。それどころか心もとない表情で視線を泳がせたまま固まっているように見えた。ぼくのほうがじれったくなって自分から駆け寄ると、お、とわずかに頭を引き、やっと安心したように抱きあげてくれたことを思いだした。その場には親を待つ迷子が何人かいて、しかも歩き疲れて汗をかいたぼくは帽子をかぶっていなかった。

あの事故のとき、ホームは人でごった返していた。近くで有名なバンドのコンサートがあったらしく、それが終わって一気に帰りの客たちがなだれ込んだのだ。興奮気味の人々の波がみんなの列をかき乱し、並んでいたぼくと未知生さんの手がひき離された。押された未知生さんが前のほうにいくのをぼくは見ていた。未知生さんは一瞬ぼくを見失い、きょろきょろとあたりを見まわした。ぼくはそのとき赤い帽子をかぶっていた。それを見つけてくれさえすればよかったのだ。

でも未知生さんはそうしなかった。

ホームから押しだされた恰好でバランスを崩した男の子、その子の手を未知生さんは握った。そして力強くひっぱりあげた反動で自分が落ちた。響くブレーキ音。あとは色のない世界。

だけどぼくは色を失う前にはっきりと見てしまった。その子が赤い帽子をかぶっていたこと。そしてもうひとつ。その子の反対側の手を握る別の大きな手が存在していたことを。

だから、たぶん、その子がホームから転落することはなかったのだ。しっかりとつないだ手がそれを証明していた。一木さんの言葉を借りれば、未知生さんはうっかり死んだということになる。

　ぼくが唯一知りたいと願っていたのは、未知生さんが誰を助けたつもりだったのか、ということだった。

　それがずっと心にひっかかっていた。でも家族にうちあけることもできないまま箱にしまって見ないふりをしてきた。だからようやくあの事故について向きあう決心が固まるとまず、子どものころから抱き続けてきた未知生さんに対する違和感のもとについて調べはじめたのだ。

　失顔症《しつがんしょう》、相貌失認《そうぼうしつにん》、という聞き慣れない言葉に出会ったとき、ぼくはやっと名前を見つけたかもしれないと安堵した。世の中には人の顔が覚えられない脳の病気があるらしく、認識できる程度はさまざまらしい。百人にひとりという話もあり、本人が気づいていない場合も多いという。未知生さんはこれだったんじゃないかとぼくは推測した。

　もしそうだったとしたら、未知生さんは最後、ぼくを助けたつもりだったことになる。それが事実なら、少なくともぼくはなぐさめられる。世間的にはぼくを助けようと、他の子を助けようと、自分を犠牲にしたヒーローであることに変わりはないかもしれない。だけどぼくは別に未知生さんにヒーローになってほしかったわけじゃない。ただぼくのお父さんでいてほしかった。

　同じような赤い帽子をかぶった子と間違えたのだとしても、認識がぼくだったのならかまわない。うっかり者でいい。未知生さんはぼくを庇って死んだ、その言葉は一点のくもりもなくぼくの胸に刻み続けられることだろう。

だけど先天性で本人が気づいていなかったのなら、それを証明するのは困難だった。後天的なものであればなにか原因があるはずだった。そう、たとえば、事故や怪我などの外傷による脳の損傷とか。その前後で未知生さんに明らかな変化が見られていれば、それが証拠になるとぼくは考えたのだ。

でも結局、おばあちゃんや一木さんに訊ねてもはっきりした答えは返ってこなかった。大前提の頭の怪我さえなかったというのだからどうしようもない。ぼくのただの勇み足だったのだろうか。生まれつきという可能性は捨て切れなくても、一番近くで見ていた母親が違うと云っているのだから、これ以上証明できる術はないに等しい。

箱に名前はつけられなかった。

季節外れのプレゼントをもらう気満々だったぼくは、この夏もまた、プレゼントをもらい損ねてしまったのだった。


一木さんに教えてもらった肝試しビルにいってみた。

もうないかもしれないよ、と云われていたので覚悟はしていたが、東側のビルはきれいに更地になったあとコインパーキングに転換されたようだった。隣の西側のビルはかろうじて残っていて、ただこっちはもうテナントも入っておらず、実質的には幽霊ビルと云っていいくらいのさびれ具合だった。

試しに郵便受けのある通路から奥のエレベーターの前までいってみた。ボタンを押しても反応はない。息絶えてしまったエレベーターをあきらめて表に出た。不法侵入ととられかねないので、さすがに非常用の外階段で屋上まであがる勇気はぼくにはなかった。第一、意を決してのぼったところで屋上に入れるかどうかも怪しかった。

ぐるっとまわってコインパーキングからビルの側面を仰ぎ見る。小さな採光窓があるにはあるが、小学生が全力で飛び越えられるほどしか離れていなかったのなら、当時はその機能をじゅうぶんに果たしていたとは思えなかった。隣のビルが解体され、なくなってはじめて光が差し込んだ窓の風景を想像すると、どういうわけだか泣きたいような気持ちになった。

ビルは五階建てだった。正面から眺めるより、ここから見るほうがより高く見えた。こんなところから落ちたら怪我だけではすまないだろう。よく助かったものだと改めて思った。そう思うぼくの足は少し震えていた。

色彩が遠のきそうになり、ぼくはぎゅっと目を閉じた。おいおい、と自分に呆れる。未知生さんはここで生きていた、だからおまえと出会えたんだろう。頭の中で別の声がする。でも未知生さんは死んだんだ、だからおまえはここにきたんだろう。

どっちもほんとうで、ぼくの中で同時に存在していた。未知生さんは生きていて死んでいる。ここはそういう場所だった。

夜、夢に見たのも肝試しビルだった。その屋上にぼくはいた。夢は妙に牧歌的で、だけど妙に生々しかった。

遮るもののない空はただただまぶしく、ぼくは開放感に身を投げだすように駆けだした。視界の先には隣のビルの屋上がある。あそこを飛び越えなければならない。楽勝だと思った。

軽いステップで近づくぼくの目の先で、向こうのビルの端がぐんと遠のいた。たたらを踏み、思わず足を踏み外しそうになって慌ててあとずさるぼくの背中を嫌な汗が伝う。どうなってるんだ。気をとり直し、今度こそはと助走をつける。飛ぶ直前、ぼくの行く手を阻むようにすき間はまた開いた。

あんなもの、飛び越えられるわけがない。

ぼくの中にゆっくりと絶望感が広がっていく。

到底無理だと知りながら、あきらめ悪くぼくはビルの端に近づいた。ひざをつき、コンクリートの縁を慎重に摑んでこわごわすき間をのぞき込む。

そこに未知生さんがいた。

天でも地でもない場所で、ハンモックのように網に揺られて気持ちよさそうに、頭のうしろで手なんぞ組みながら寝転がって空を眺めていた。あまりにのんきな寝姿に、ぼくの不安や緊張がゆるゆるとほどけていく。

「そこにいたんだね」

声をかけるとこっちを向いた。ぼくのほうを見てにっこり笑う。思いきって右腕を伸ばしてみる。ここから届く距離じゃないことは頭でわかっているのにそうせずにはいられなかった。未知生さんも立ちあがってこちらに手を伸ばす。ぼくと違って確信に満ちたまなざしをしていた。

手を握られた瞬間、ぼくの中で晴れるものがあった。

あのとき未知生さんが誰を助けたつもりだったかなんてどうでもよくなった。ほんとうにわだかまっていたものはそれじゃないことに気づく。ぼくのもやもやはもっと単純な駄々っ子の嫉妬だった。要は父親の手を最後に握ったのがぼくではなく赤の他人だったということ。それが気に入らなかったのだ。

なあんだ、そんなことか。

ぼくは未知生さんの手を強く握り返した。この感触を忘れないでおこう。やがて目が覚めることをぼくは知っていた。だけどそれでかまわない。自分はもう大丈夫だと思った。

目の前にあるものを飛び越えようと飛び越えまいとどっちでもいいのだ。ぼくがどちらを選んでも、未知生さんは黙ってゆらゆら揺れながら、あの場所からのんびりと見ているに違いない。そしてもし飛び越えようとして失敗しても、ぼくにはやさしく受けとめてくれる手が待っている。

朝目覚めたベッドの中で、ぼくは右手を顔にかざすように眺めてみた。そこには未知生さんの手のぬくもりが残っていた。すっきりとした気分で起きあがり、そのまま洗面所に向かう。

歯を磨き、顔を洗い、大学生になってまわりのみんなをならってはじめたひげそりの準備をする。シェービングフォームのきめ細かい泡を口のまわり、両ほほへと塗り広げていくうち、ぼくの顔はまるで白いひげをたくわえたおじいさんみたいになっている。

「そういえば」

と、手をとめる。

「色つきの夢だったな」

ぼくは鏡の中のサンタクロースに話しかけた。

了

本書は書き下ろしです。

イラストレーション・題字　右近 茜
ブックデザイン　浅妻健司

片島麦子●かたしま むぎこ

1972年広島県生まれ。2013年、『中指の魔法』（講談社）で作家デビュー。他の著書に『銀杏アパート』『想いであずかり処にじや質店』（ともにポプラ社）、『レースの村』（書肆侃侃房）がある。

未知生《みちお》さん

2023年7月29日　第1刷発行

著　者——片島麦子《かたしまむぎこ》

発行者——箕浦克史

発行所——株式会社双葉社

東京都新宿区東五軒町3-28 郵便番号162-8540
電話03（5261）4818〔営業〕
03（5261）4868〔編集〕
http://www.futabasha.co.jp/
（双葉社の書籍・コミック・ムックが買えます）

印刷所——中央精版印刷株式会社

製本所——中央精版印刷株式会社

落丁・乱丁の場合は送料双葉社負担でお取り替えいたします。
「製作部」あてにお送りください。
ただし、古書店で購入したものについてはお取り替えできません。
［電話］03-5261-4822（製作部）

定価はカバーに表示してあります。

ISBN978-4-575-24653-7 C0093